A DAMA DE BRANCO

SÉRGIO SANT'ANNA

A dama de branco

Organização e apresentação
Gustavo Pacheco

COMPANHIA DAS LETRAS

A editora agradece a colaboração de Rodrigo Teixeira.

Grafia atualizada segundo o Acordo Ortográfico da Língua Portuguesa de 1990, que entrou em vigor no Brasil em 2009.

Capa
Rita da Costa Aguiar

Foto de capa
Bruna Prado

Preparação
Heloisa Jahn

Revisão
Camila Saraiva
Luciane H. Gomide

Dados Internacionais de Catalogação na Publicação (CIP)
(Câmara Brasileira do Livro, SP, Brasil)

Sant'Anna, Sérgio, 1941-2020
A dama de branco / Sérgio Sant'Anna ; organização e apresentação Gustavo Pacheco. — 1ª ed. — São Paulo : Companhia das Letras, 2021.

ISBN 978-65-5921-087-9

1. Contos brasileiros I. Pacheco, Gustavo. II. Título.

21-63344 CDD-B869.3

Índice para catálogo sistemático:
1. Ficção : Literatura brasileira B869.3

Cibele Maria Dias — Bibliotecária — CRB-8/9427

[2021]
Todos os direitos desta edição reservados à
EDITORA SCHWARCZ S.A.
Rua Bandeira Paulista, 702, cj. 32
04532-002 — São Paulo — SP
Telefone: (11) 3707-3500
www.companhiadasletras.com.br
www.blogdacompanhia.com.br
facebook.com/companhiadasletras
instagram.com/companhiadasletras
twitter.com/cialetras

Sumário

Apresentação

"Às vezes, penso que a dama de branco é a própria morte. Sei que isso é um modo de prendê-la e logo me penitencio e sei que em outro momento pensarei outra coisa. A morte não passa de uma obsessão minha." Essas palavras estão na narrativa que dá título a este livro — a última que Sérgio Sant'Anna publicou em vida, dez dias antes de morrer.

Nos últimos anos, com problemas de saúde e sentindo a idade chegar, Sérgio não escondia uma certa obsessão pela morte. Contudo, a pandemia deu contornos mais agudos e concretos a essa obsessão e acirrou ainda mais sua urgência criativa. Em abril de 2020, ele escreveu em seu perfil numa rede social: "Não quero assustar ninguém, mas acho a peste que nos assola simplesmente aterrorizante. Não encontro outro modo de reagir senão escrevendo". No mês seguinte, a peste que nos assola interrompeu a vida e a obra de um escritor obcecado pelo seu ofício e que, depois de meio século de carreira, continuava em pleno domínio de seus poderes criadores.

Numa fase da vida em que muitos artistas se aposentam ou

se tornam pastiches de si mesmos, Sérgio Sant'Anna continuava produzindo com regularidade e qualidade assombrosas — nada menos que cinco títulos em menos de dez anos, o último dos quais *O anjo noturno*, publicado em 2017. Em seus livros mais recentes, evitava chamar o que escrevia de "contos", preferindo o termo "narrativas", que segundo ele permitia "mais liberdade de temas, abordagens, tamanhos. Textos de cinquenta páginas ou de página e meia".

Este livro reúne todas as narrativas publicadas por Sérgio Sant'Anna depois de *O anjo noturno* — onze textos que apareceram em jornais, revistas e sites entre outubro de 2018 e maio de 2020. É importante dizer que todas as narrativas que ele publicou na imprensa (e mais tarde na internet) desde meados da década de 1970 foram depois incluídas em seus livros, praticamente sem mudanças em relação à versão original. Assim, tudo indica que esses onze textos seriam incorporados por Sérgio ao seu próximo livro.

Mas se é verdade que todas as narrativas publicadas na imprensa acabavam incluídas em seus livros, também é verdade que neles havia sempre muito material inédito; com este livro, não foi diferente. Depois da morte de Sérgio, foram encontrados em seu computador diversos arquivos com textos inéditos. Alguns deles estavam visivelmente incompletos, contendo apenas rascunhos e anotações; outros estavam claramente concluídos (por exemplo, a expressão "final" constava no título do arquivo). Outros, ainda, pareciam a meio caminho entre um esboço e um trabalho terminado. Ao organizar este livro, decidi incluir os textos com marcas de finalização e também os que me pareceram ter unidade e qualidade suficientes para atender aos rigorosos padrões do autor. Assim, foram acrescentadas mais seis narrativas inéditas, num total de dezessete textos que formam a primeira parte deste livro.

A segunda parte deste livro é a novela inacabada "Carta marcada", que merece um comentário especial. Sérgio Sant'Anna trabalhou extensamente nessa narrativa: em outubro de 2019, ele me disse que estava escrevendo "uma novelinha"; em abril de 2020, poucas semanas antes de morrer, disse que tinha terminado a novela, "ainda sujeita a revisões", e contou que já tinha até vendido os direitos de adaptação para o cinema. A versão mais recente encontrada em seu computador mostra que, de fato, Sérgio ainda pretendia fazer algumas revisões, como provam diversas anotações e comentários em negrito inseridos ao longo do arquivo. Além disso, há algumas inconsistências no texto, em particular uma nítida clivagem entre o terço inicial e os dois terços finais da novela. A narrativa começa na Belo Horizonte do final da década de 1960 e faz referência a questões próprias daquela época, como a ditadura militar; mais adiante, a história passa abruptamente para o Rio de Janeiro dos dias de hoje, com elementos contemporâneos como celulares, aplicativos etc. Os personagens são os mesmos, mas não há qualquer sinal de que tenham envelhecido, nem indicação alguma de passagem do tempo. Esse cavalo de pau narrativo sem maiores explicações provavelmente não surpreenderia o leitor se aparecesse numa novela de César Aira (escritor argentino que o autor admirava e que traduziu dois de seus livros para o espanhol), mas é algo um tanto inusitado em se tratando da obra de Sérgio Sant'Anna. É muito provável que, numa revisão final, ele removesse essas inconsistências. De qualquer forma, está claro que Sérgio tinha muito apreço pela novela e considerava que todos os seus elementos básicos já estavam presentes. Assim, diante da escolha entre não publicar o texto inacabado ou publicá-lo mesmo com suas eventuais imperfeições, optou-se pela segunda alternativa, no entendimento de que tais imperfeições são bem menores que os seus méritos.

Como é fácil notar, há muitos temas e ideias recorrentes

neste livro: a insignificância do homem diante do universo, a devoção pela arte e pelos grandes artistas conceituais como Marcel Duchamp e Erik Satie, a paixão pelo futebol, as jornadas pelo imenso continente da memória, o sexo naquilo que ele tem de mais cru e de mais sublime, a angústia diante da morte. São temas e ideias que atravessam toda a obra de Sérgio e, nesse sentido, este livro pode ser entendido como uma espécie de suma ou síntese final daquilo que o fascinava e o impelia a escrever. Em outras palavras, o que o leitor encontrará aqui é uma figura central e incontornável da literatura brasileira revisitando suas principais obsessões — e, infelizmente para nós, pela última vez.

Em uma das últimas postagens em seu perfil numa rede social, Sérgio sentenciava: "O Brasil é um filme de terror". Nesse filme, os mortos na pandemia do coronavírus contam-se em centenas de milhares, e entre eles um dos maiores escritores brasileiros — que, numa das narrativas deste livro, escreveu: "uma esperança insensata me faz querer crer que depois da morte prosseguirei nesse sonho, embora saiba que o sentimento do amor só pode ser tão intenso e urgente porque temos a certeza de morrer um dia".

Gustavo Pacheco
fevereiro de 2021

PARTE I

Anticonto

Após publicar cerca de vinte livros, sobretudo de contos, que o fizeram ser considerado, no gênero, um dos maiores escritores do país, ele sentiu que, se criasse mais uma história curta que fosse, estaria se repetindo ou, pior ainda, escrevendo algum texto sem relevância. Então resolveu parar, mas, tão habituado que estava a escrever, sentiu-se vazio e tentado todos os dias a retornar ao ofício.

Não escrever também exigia aplicação e disciplina diárias, o que ele conseguia a duras penas. Pensava que talvez não valesse mais a pena viver, porque sua vida não tinha mais nenhum sentido, mas suicidar-se estava fora de cogitações, não só por medo mas porque atingiria pessoas queridas. E ele também era vaidoso e temia que a morte autoinfligida pudesse ser tomada como a confissão do fracasso literário e existencial, apesar de tantos artistas bem-sucedidos terem se matado muitas vezes no auge do sucesso. E, lá no íntimo, ele também guardava uma religiosidade de infância que o fazia temer as penas eternas do inferno destinadas aos suicidas.

Às vezes ansiava pela morte, natural e sem dor, mas havia a questão do nada, o nada que poderia lhe parecer doce, mas isso só fazia sentido para os vivos. Na verdade, não se consegue verdadeiramente imaginar o nada.

Mas ele lia cada vez mais, e esta não deixava de ser uma realização, pelo menos ele queria crer, pois uma obra só se realizava plenamente na leitura. E só lia os ótimos autores, pois a má literatura lhe parecia uma abominação. Tudo estaria muito bem, não houvesse a torturá-lo a inveja dos grandes escritores.

O verdadeiro consolo estava no conhecimento que ele procurava, também nos livros, de astronomia. A noção de que havia trilhões de astros, com seu calor imenso e o som de explosões, para nenhum ser sentir, como também os enormes espaços a bilhões de anos-luz que lhe davam uma noção de que não apenas ele, mas o próprio planeta que habitava, eram ínfimos. E isso sim era um pensamento que o extasiava, admitindo a existência de Deus, mesmo que isso não significasse, necessariamente, a sua ressurreição.

Havia também teorias de um eterno retorno e ele temia repetir sua infelicidade; mas, por outro lado, vivera muitos amores e prazeres e ah, como seria bom repeti-los, só que com o conhecimento que adquiria agora, já um homem solitário e envelhecendo, que devia ter prestado mais atenção em cada um desses momentos que poderiam ter sido vividos com uma atenção plena. Mas isso ele conseguiria escrevendo sobre essas mulheres de sua vida, e a literatura, então, teria valido muito a pena.

O pregador

Eu estou ali sentado no meu banco habitual. Fica bem em frente ao cinema Odeon. No letreiro, em letras grandes e vermelhas, está anunciado um filme chamado *Perdida*.* Quando o sinal fecha para os carros, há um pouco de silêncio e dá para ouvir, ao longe, a música que vem do clube Bola Preta. Sambas e boleros dançantes, ouvem-se mais os instrumentos de sopro. É muito bonito.

Em geral não presto nenhuma atenção nesses pregadores de rua, uns evangélicos chatíssimos ou uns loucos. Mas nessa noite prestei. Talvez porque, assim de madrugada, começando a cair uma chuva fininha, até os pivetes foram se abrigar sob as marquises e sou o único ouvinte. E porque ele cravou os olhos bem fixos nos meus e disse: "Não venho lhes trazer nenhuma certeza, mas a dúvida".

E se achei importante grafar o que ele disse, foi porque suas

* *Perdida* é um filme brasileiro que de fato existe, muito bom, realizado há muitas décadas por Carlos Alberto Prates Correia.

palavras me pareceram importantes, mexeram comigo. Mas nem posso garantir que sou inteiramente fiel às palavras dele, porque não decorei e talvez esteja acrescentando alguma coisa por minha conta.

Ele veio, pôs seu pé direito em cima do banco em frente ao meu e começou a falar. Ele deve ter uns sessenta anos, usa um terno cinza roto e puído, uma gravata azul velha e sapatos pretos, desses de amarrar, também muito gastos, mas impecavelmente engraxados.

Ele disse que a palavra pode vir quando menos se espera. E essas palavras saem de sua boca sem nenhuma intenção. Isso não quer dizer que a palavra seja a palavra de Deus e que no infinito das coisas alguma força mais poderosa há de existir. Mas, se existir, isso não garante que vamos ter outra vida. Mas tudo é possível, até que Deus ainda esteja se formando muito aos poucos, da soma paulatina de tudo, inclusive de nós.

Mas, também, poderá não haver nada, pelo menos pensante. Terrível isso? Não, pelo contrário. Já tentaram imaginar que isso poderá nos trazer uma espécie de paz absoluta, de júbilo? Alguns saem à rua para trazer a palavra de Deus. Outros, como eu, trazem a palavra da dúvida de nenhum Deus, do vazio absoluto no infinito do universo.

De todo modo, nesse infinito terá havido um tempo em que fizemos parte dele e convém não desperdiçar a oportunidade, que talvez seja a última, com coisas vãs. Fico procurando as palavras certas para exprimir isso.

Então, se não houver nada, será como se nunca houvéssemos existido? Ou tudo se repetirá outras vezes? Se assim for, não devemos desperdiçar nenhum momento, pois vamos repeti-lo. Isso não quer dizer que devemos sair por aí em busca de prazeres. Prazeres demais levam ao fastio. Não, é viver cada momento como se fosse o último, valendo por ele mesmo.

O senhor que está aí me escutando, já está com as horas finais batendo em seu coração. Somos bilhões agora no planeta, mas quantos trilhões já não terão passado por aqui antes de nós? Não é para ficar triste com esse nada, delícia das delícias, como a escuridão na parte vazia do universo. Pense bem nisso e verá o júbilo tomando conta da sua alma. O vazio absoluto e silencioso entre as estrelas. Ou soprará algum vento e se ouvirão trovões, explosões? Como será o som que ninguém ouve? Pense também no som do mar batendo furiosamente nas pedras em algum oceano distante, para nenhum ouvido humano. Mas por que não viver isso agora? Repare, então, que tudo será diferente, uma espécie de eternidade, o som que ninguém escuta. Consegue imaginar um peixe vivendo até morrer de morte natural?

Então, a única coisa que lhe é pedida é que leve essa palavra a vossos irmãos. Se conseguir se lembrar, escreva. Depois faça delas um folheto e tire dez cópias dele e peça a cada um que o receber que faça mais dez cópias e as distribua e que cada um deles tire mais dez cópias e assim por diante. Assim se perpetuará a palavra do Senhor entre os homens. E, se não houver Senhor, a palavra pura ou o silêncio profundo, como na escuridão entre os astros, sem nenhum som.

Nesse momento a chuva aumenta de intensidade. As poucas pessoas na rua procuram se proteger. Os mendigos já estão dormindo sob as marquises. Mas ele, é como se não fosse com ele, a chuva escorrendo do seu corpo e do seu terno. Ali, impassível, pregando a palavra. A palavra de nenhum Deus. A palavra da solidão absoluta do homem. Quando eu saio para voltar ao meu minúsculo apartamento ali na rua Álvaro Alvim, ele continua lá falando, palavras que não consigo mais distinguir. Palavras para ninguém.

A filha de Drácula

O assassinato da senhora Mariana Silveira Barroso, de trinta e três anos, por seu marido, o engenheiro Flávio Motta Barroso, trinta e cinco anos, que se suicidou em seguida, em Vitória, Espírito Santo, na noite de 16 de outubro de 1988, foi noticiado em todo o país. Pois, além de se tratar de um casal da mais alta sociedade capixaba, as circunstâncias que envolveram a tragédia foram chocantes e extremamente peculiares. Depois de matar Mariana com um tiro, enquanto ela dormia na cama do casal, o empresário levou o corpo da mulher, embrulhado num saco de plástico, dentro do porta-malas de seu carro, até as obras da construção de um shopping center, a cargo de sua firma, a Construtora Motta Barroso. Devido à sua condição de responsável pelo empreendimento, Flávio não teve dificuldades de entrar com o veículo na área cercada para a construção. Era por volta de uma hora da manhã.

Enquanto os seguranças permaneciam em seus postos, a mando de Flávio, este dirigiu o carro até um local próximo de um bate-estacas, onde, retirando o corpo embrulhado de Mariana, atirou-o numa vala de cerca de dois metros de profundidade, que ele mesmo mandara abrir, três dias antes, sem dar explicações. A seguir, acionou o mecanismo da máquina potentíssima que, provida de uma estaca de grande diâmetro, já num primeiro golpe certamente reduziu o corpo de Mariana a uma pasta informe.

Antes que os seguranças da obra pudessem chegar até lá, para verificar o que ocorria — e um deles viu aquele estranho embrulho ser atirado na vala —, Flávio já retornara ao carro e, no banco traseiro deste, disparou um tiro no coração, que não pôde ser ouvido, não apenas em razão do ruído da máquina, mas também porque foi usada uma pistola Magnum calibre 38, equipada com silenciador. Após desligarem o bate-estacas e antes de chamarem a polícia, os empregados constataram que o engenheiro já estava morto. Mas foi só ao amanhecer que se pôde avistar, com um mínimo de nitidez, no fundo da vala, misturado com lama e plástico, um pouco daquela massa disforme, esmigalhada, que mal se podia crer pertencera a um corpo humano.

Na impossibilidade de realizar uma verdadeira necrópsia no corpo de Mariana, policiais e peritos tiveram de se basear em outros fatos e indícios, aliás bastante evidentes, para determinar que ela já chegara morta ao local da sua completa aniquilação. Primeiramente, a quantidade de sangue encontrada na cama do casal era tanta, com maior concentração onde devia estar apoiado o tórax da vítima, de bruços, conforme indicavam as marcas do corpo no lençol, que estava claro que Mariana fora morta ali mesmo, provavelmente com um tiro no coração e enquanto dormia, pois não havia sinais de luta no aposento.

Quanto aos tiros, embora a bala que penetrara no corpo de Mariana só pudesse ser recuperada como uma chapinha metálica, a descoberta de duas cápsulas deflagradas, uma delas no chão do quarto do casal e a outra no banco traseiro do carro, não deixava dúvidas de que provieram da arma encontrada junto ao corpo do empresário, em cujo tambor faltavam justamente dois projéteis. Em razão do silenciador, fora natural que nenhum empregado da mansão dos Barroso ouvisse um disparo naquela noite.

Já o segurança da porta de entrada da casa, de nome Oséas, viu, de seu posto, quando Flávio abriu a porta da garagem, arrastando com esforço um saco de plástico cinza-escuro com um volume em seu interior. Deixando a guarita para perguntar, a meio caminho da garagem, se o patrão necessitava de ajuda, Oséas recebeu ordens, até ríspidas, segundo ele, para voltar a seu posto, de onde acionou o mecanismo da porta de entrada da mansão para o empresário sair com seu carro. Perguntado se não imaginara que dentro do saco de plástico pudesse haver um corpo, Oséas disse que chegou a pensar nisso, mas que considerou tal ideia absurda, pois era o próprio patrão quem conduzia aquele volume.

Enfim, indícios e provas era o que não faltava naquele caso em que o assassino, já decidido a se suicidar, não se preocupou nem um pouco em ocultá-los.

Ao me deparar com aquele título de matéria sobre uma pequena coluna de primeira página num jornal do Rio — *Empresário mata esposa em Vitória, estraçalha seu corpo com um bate-estacas e depois se suicida* —, fui acometido de forte comoção e pelo pressentimento fulminante de que a mulher assassinada, apesar de ter, naturalmente, outro nome, seria Angélica.

Ao abrir, com as mãos trêmulas, a página interna do jornal em que a tragédia era noticiada, sob o título *Assassinato e suicídio chocam sociedade de Vitória*, eu como que procurava uma confirmação de meu pressentimento, que não demorei a ter. Se o nome Mariana Silveira Barroso, já revelado na primeira página do jornal, nada tinha a ver com Marlucce A. Vasc., por outro lado este último nome devia ser tão falso quanto Angélica, servindo para a titularidade de uma conta secreta destinada a receber os pagamentos — eu esperava que da parte de pouquíssimos eleitos — das atividades noturnas e clandestinas de Mariana enquanto Angélica, que eram uma só pessoa, como pude comprovar pelas fotos. Não que houvesse algo de ostensivamente vampiresco nelas, até pelo contrário. Na foto escolhida para mostrá-la individualmente — havia também uma fotografia de Flávio e outra da cerimônia de casamento —, Mariana encarnava ela mesma, em primeiro plano, elegantíssima, num acontecimento social, com seus cabelos presos num coque e o rosto levemente bronzeado de sol e maquiado sem exageros, mas vivamente! Um detalhe importante: Mariana não sorria, o que não impedia que alguém como eu, que procurasse as duas pontinhas dos caninos, as visse, quase encobertas pelos lábios. Mas não era de se supor que tivesse vergonha daqueles dentes, pois, na sua condição social, seria facílimo recorrer a uma correção ortodôntica. E na foto do casamento, celebrado havia dez anos, Mariana, atravessando a nave central da igreja, de braço dado com Flávio, sorria abertamente como qualquer noiva, e lá estavam os seus caninos, sem que, no entanto, passassem uma impressão vampiresca, o que me levava à conclusão de que Mariana, ou Angélica, só assumia essa representação quando o desejava, realçando os caninos e outras características suas, num hábil transformismo, de que eu já tivera uma prova em Brasília. E que prova.

Quanto a Flávio Motta Barroso, pouco quero falar dele e apenas para dizer que, na fotografia do casamento, era um homem jovem, moreno, atlético e até bonito, mas de uma beleza, eu diria, convencional. O tal tipo com queixo quadrado. Já na outra foto, datada de 1993, quando fora escolhido o empresário capixaba do ano, engordara uns dez quilos na prosperidade e posava à sua mesa de trabalho, sob outra fotografia sua, na parede, que o retratava com um capacete na cabeça, em inspeção a uma obra. Havia nele uma evidente satisfação consigo mesmo e fico pensando se Mariana, com seu comportamento, não reagia a uma odiosa vida burguesa, sob as asas de um empresário de sucesso. Importante também frisar que a matéria informava que o casal não tinha filhos, o que, certamente, contribuíra para um comportamento mais livre de Mariana.

Mas oh, emoção, ao perceber naqueles olhos negros e profundos, naquele semblante irônico e introspectivo, a minha Angélica. Saber que eu a tivera nos braços, a possuíra e por ela fora possuído, causava-me, misturado com outros sentimentos que se atropelavam, um grande orgulho. E eu tinha uma esperança retrospectiva de que Angélica conseguira penetrar no que de melhor havia em mim, atrás desta venda negra, e ao qual procuro fazer jus neste conto, talvez meu último e único importante conto.

É claro que devorei o noticiário sobre *a tragédia de Vitória*, tanto nos jornais cariocas quanto nos do Espírito Santo, que eu conseguia encontrar em algumas bancas do Rio, sendo que a imprensa capixaba, como era natural, deteve-se muito mais naqueles acontecimentos. Mas não estou aqui para transcrever o noticiário de jornais e devo fazer, simplesmente, uma síntese deles, para informar que o tom geral era de perplexidade diante daquele homicídio seguido de suicídio, que se abatera sobre um casal aparentemente feliz e afortunado, da melhor sociedade. Mas, na ausência de motivos concretos e comprovados que se pudessem acrescentar, alguns jornais deitaram insinuações, nas entrelinhas, de que Mariana pudesse ter um amante e que o marido descobrira essa ligação e matara a mulher com requintes de ódio. Mas que amante era esse cujo nome ninguém declinava? E uma amiga de Mariana, ouvida pela imprensa, chegou a dizer que escutara dela que pensava em abandonar o marido, mas sem confidenciar que tinha um outro por quem deixá-lo.

Mas ninguém, mesmo entre os profissionais da imprensa mais inescrupulosa, chegou a levantar a hipótese absurda de que uma senhora como Mariana pudesse vender o seu corpo, ainda que por um requinte erótico, o que, certamente, ela jamais fizera em Vitória, onde era conhecida demais para satisfazer seus caprichos anonimamente. Na verdade, ela devia ter se dado a esses caprichos muito poucas vezes, e sempre em viagens, o que me enchia de contentamento por ser eu um dos poucos eleitos, como ela mesma deixara transparecer. E se sou eu, também, a revelar o seu segredo, é porque o meu conto vivo assim o exige e, de qualquer modo, já o tinha feito em Brasília, apenas sem revelar a verdadeira identidade de Angélica.

Um pormenor interessante, pois desvenda um mistério que por si só já justifica esta escrita, é que nenhum jornalista ou pessoa ouvida se colocou maiores indagações sobre o porquê do uso de um bate-estacas, tomando-se este, então, apenas como um equipamento familiar e acessível a Flávio, cuja utilização, para estraçalhar a mulher, teria vindo naturalmente à sua mente ensandecida pelo ódio. Ora, a partir dos caninos de Mariana, que, em várias fotos, apareciam com nitidez — apesar de não se mostrarem ostensivos e, vá lá, vampirescos, como ocorrera em Brasília —, não seria inconcebível para alguém mais imaginativo conjeturar que aquele tratamento brutal poderia ter sido dado ao corpo da vítima por se tratar de uma mulher vista por um louco como uma vampiresa, que, segundo o mito, só poderia ser morta, verdadeiramente, com uma estaca cravada no coração. Claro que uma estaca da dimensão da utilizada ultrapassava em muito os limites do razoável, pois, junto com o coração, ia o resto todo, mas o espírito da coisa, penso, fora preservado.

Parecia, assim, que só eu — e talvez um ou outro eleito? —

estava de posse das informações que permitiam deduzir que Flávio descobrira alguns fatos relacionados com as atividades clandestinas vampirescas da mulher e, abaladíssimo pelas loucas traições de que se considerou vítima — e quem sabe teria descoberto também as contraprestações pecuniárias por meio da conta de Marlucce A. Vasc.? —, reagira enlouquecidamente, matando-a como, supostamente, se matam os vampiros.

Fiquei pensando, ainda, se não seria Flávio um requintado *connaisseur*, que fora atraído, apaixonadamente, quando conhecera Mariana, pelos dotes físicos da mulher, desde sua pele alvíssima, seus cabelos negros, até seus caninos singularmente adoráveis? Neste caso, o que ele não teria suportado era dividi-la com os outros. E fico também pensando que rituais noturnos não cumprira, pelo menos no princípio de sua relação, o casal?

Por mais cruel que possa parecer, toda aquela história encheu-me de júbilo.

O fato de Angélica — sim, vou usar este nome — ter morrido piedosamente enquanto dormia, conforme todos os indícios, e ter seu corpo aniquilado de forma tão cabal antes de sofrer qualquer processo de decadência, deixava-me livre para gozar a memória de nosso encontro, permitindo-me acalentar o pensamento de que ela estaria para sempre comigo no auge de sua beleza tão peculiar, que não mais poderia ser desfrutada por ninguém.

E diante daqueles acontecimentos tão espantosos, era natural que me retornasse à cabeça a ideia do eterno retorno, segundo a qual Angélica e eu voltaríamos a nos encontrar, depois de um gigantesco, incalculável intervalo. Na verdade, somente agora, depois desses novos acontecimentos, repercutiam em mim para valer minhas próprias palavras, pronunciadas quase ao acaso no Bar do Terraço, para eu admitir que o nosso encontro em Brasília já poderia ter acontecido em outros tempos infinitamente longínquos, e que assim poderia suceder novamente. E se esse encontro foi tão passageiro, tenho-o presente em mim como uma paixão entre um vivo e uma morta. Mas um dia estarei também eu perdido no indiferenciado, quando não haverá contagem do tempo e um trilhão de anos se esvairão em fumaça, de modo que logo teremos de novo uma vida em que, num determinado momento, estaremos de novo nos braços um do outro, uma vampiresa e um homem com uma venda negra no olho direito.

Enquanto isso não se der, e por via das dúvidas, guardo Angélica em minhas palavras e a faço minha neste conto em que o nosso encontro permanece vivo, e através do qual se saberá toda a verdade sobre o crime de Vitória. Sim, guardo Angélica nestas palavras, ciente de que sua representação era sua realidade maior e, se ela não chegou a me amar, concedeu-me o privilégio de amá-la com fervor, sentimento que sua morte só fez fortificar.

Aos que me considerarem um louco, responderei que sim, sou louco, mas como Nietzsche quando, já abandonado por sua razão, abraçou aos prantos um cavalo chicoteado nas ruas de Turim. Mas chego à conclusão de que também aí havia uma mensagem filosófica, a de que a razão era insuficiente para explicar o humano. Então, como Nietzsche, abraço o irracional para estar unido para todo o sempre a Angélica, a filha de Drácula.

A aparição

Ele jamais poderia garantir se aquilo aconteceu verdadeiramente ou se foi fruto da sua imaginação afetada pelos remédios. Mas era certo que foi a TV ligada na sala ou no quarto da mulher em frente que o levou a ligar o seu aparelho e apertar um botão ao acaso no seletor de canais. E imediatamente apareceu na tela um ser de uma beleza invulgar. Seus cabelos eram curtos e seu rosto de traços harmônicos não permitia que ele distinguisse se era do sexo masculino ou feminino. Do mesmo modo, seus trajes — uma calça jeans, camisa branca e um blazer verde — tanto ficariam elegantes, sem ostentação, num homem quanto numa mulher. O fundo era um breu total, e a iluminação atingia apenas a criatura, realçando-a. Uma bela música, executada bem baixo, apenas ao piano, tanto lembrava Erik Satie como Claude Debussy. Mas também podia não ser de nenhum dos dois.

Uma coisa que o impressionou desde logo era que o ser, com seus olhos claros, fixava diretamente os olhos dele. E ele teve certeza de que a figura, ou aparição, falava especialmente para ele. Sua língua soava como russo, mas não era russo. E o mais estranho é que ele entendia tudo. E a criatura lhe disse:

Quem está acordado a esta hora é, evidentemente, um ser solitário, pois percebo que ninguém está com você. É com você que estou falando, mas certamente haverá alguns poucos outros, pouquíssimos, vivendo este momento-limite da noite. Vocês são os escolhidos, ou escolheram, entrar em contato comigo, uma espécie de encarnação de um puro espírito. E seria inútil tentar gravar-me, pois eu não apareceria. Embora minha existência seja discutível, não o são minha imagem e palavras.

Há uma boa possibilidade, embora não necessariamente, de que você esteja desesperado, ou talvez conformado, com a solidão e o sofrimento físico e psíquico que o obrigam a tomar cada vez mais medicamentos. Mas não morra ainda. Tenho certeza de que você já se conscientizou que a Terra é um minúsculo planeta no cosmos infinito. E você é um ponto ainda mais ínfimo que um micróbio nesse planeta. E, no entanto, é capaz de refletir em seu minúsculo ser todo esse cosmos e estar informado de que sua mente pode estar pensando nos trilhões de astros nesse cosmos, mas, ao mesmo tempo, é capaz de manter esse contato comigo. Então o universo só existe com a sua presença para refleti-lo, o que o torna uma espécie de Deus, só que mortal, e que desaparecerá sem deixar vestígios.

Mas tenho certeza de que você às vezes se indaga se não haverá mesmo um Deus maior, que seja o senhor de tudo. Isso, nem eu sou capaz de responder. Quem sou eu? De mim, só sei que sou uma presença que se manifesta num écran. Há um plano qualquer, e não vou mentir dizendo que sei que plano é esse. Mas algo é certo, se você — ou vocês — foi criado, deve cumprir esse desígnio, nem que seja para se autodestruir. Vivendo este momento, e mais outro e mais outro até que diga basta — e tenho certeza de que às vezes você está na iminência disso — ou até que uma causa natu-

ral o aniquile. Então, você crê — ou mesmo não — que será o nada absoluto, a eternidade sem a sua presença, mas por mais que nos esforcemos não conseguiremos entender esse nada sem a nossa presença. Mas há de reconhecer que mesmo não sobrevindo as penas ou as alegrias eternas, o universo continua, mesmo que também ele se extinga, mas se é o puro nada não pode existir. Ou pode? Pois não será também o nada um grandioso existir? Mas a madrugada daqui a pouco termina e a Terra terá dado mais uma volta em torno do sol e sabe-se lá o que será então. Então vamos direto ao ponto.

Por mais mísera e diminuta que seja a sua poeira cósmica, tanto ela existe que você me vê aqui nesta tela. E há de reconhecer também que, por mais breve que seja este momento, ele terá feito parte do cosmos. E o mais natural é que ele prossiga até o ponto, o estágio, para o qual foi designado. E por que não deixar o rio correr e você chegar ao ponto, ou aos pontos, a que tem de chegar, nem por isso desprezando o acaso? Você é parte da eternidade, mesmo que não o queira.

Nesse momento, um início de claridade começou a se fazer lá fora e a figura, se assim se deve chamá-la, começou a perder os seus contornos, assim como sua voz começou a ratear numa algaravia. A figura não saiu de cena ou foi cortada, como se poderia esperar de alguém na TV. Ao contrário, ela foi se tornando cada vez mais indistinta, até desaparecer de todo com a claridade. O homem levantou-se e foi para o seu quarto e tudo aquilo que acontecera com ele pareceu real e irreal como um sonho, cada vez mais difícil de lembrar. Não sabia o que seria dele no dia seguinte, mas deitou-se e pôs-se a dormir imediatamente.

Por que escrevo?

Eu já tinha lido muitas vezes sobre a concisão do bilhete de suicida. Mas o de Margarida, minha mulher, foi mais do que exemplar. Ao despertar naquela manhã percebi que Margarida nem mesmo se mexia na cama ao lado da minha, pois havia tempo que dormíamos separados, numa boa. Certa manhã um caminhão veio trazer uma cama de solteiro para o nosso apartamento e Margarida mandou que a deixassem no quarto que lhe servia de escritório. A partir daquela noite, passou a dormir lá e nem discutimos o assunto, seu gesto já era eloquente o suficiente para entendermos que, já que não transávamos havia muito tempo nem trocávamos de roupa um na frente do outro, por respeito aos nossos corpos, era natural que dormíssemos em quartos separados. Isso permitia que cada um preservasse a sua privacidade e se isolasse quando bem entendesse, o que vinha mais da parte dela do que da minha.

Isso não quer dizer que nos afastamos. Pelo contrário, nos aproximamos mais, pois não havia mais nenhuma crítica ao envelhecimento um do outro. E passamos a ver mais vídeos juntos (não fazíamos a grosseria de ficar mexendo nos celulares na frente um do outro), a comentar os livros que cada um estava lendo, mas não a contar nossos sonhos um ao outro, sabendo que isso era chato, não importava o quanto fosse interessante o sonho para o próprio sonhador. Mas nos permitimos conversar sobre os sonhos em geral, concordando que eles eram uma parte importante da existência humana, quem sabe uma prova de que havia outros mundos além do nosso, de que continuaríamos a existir em outro plano. Isso foi Margarida quem disse, pois eu era completamente cético, ateu, quanto a uma sobrevivência após a morte, mas deixava as coisas no ar, para não decepcioná-la.

Uma coisa que gostávamos de fazer era contemplar o mundo à janela. Eu havia comprado um telescópio e falávamos, maravilhados, nos trilhões de astros, em distâncias prodigiosas, bilhões e bilhões de anos-luz, tudo isso significando para Margarida que, embora ela não tivesse nenhuma certeza, poderíamos viver vidas incontáveis. E ela chegou a dizer que poderíamos encontrar pessoas que havíamos conhecido neste mísero planeta, principalmente aquelas de quem gostáramos. E aquelas de quem não gostáramos?, eu a provoquei e ela deu uma risada. Aliás, Margarida ria muito, o que me fazia bem, eu um melancólico incorrigível. Essa você me pegou, ela disse.

Por todos esses pensamentos, foi uma imensa surpresa para mim encontrá-la morta, ao lado daquele bilhete: "Desculpe o mau jeito". Não perdera seu senso de humor, mesmo num bilhete de suicida, conciso como costuma ser esse gênero de bilhete, segundo dizem os entendidos. Por mais que eu quebrasse a cabeça, não consegui atinar com um motivo para o seu gesto extremo. Estaria ela pensando que passaria desta para melhor, com uma morte tranquila e sem dor? Pois, segundo me disse o seu médico, a quem procurei, não seria contrário à ética revelar-me que Margarida sofria de uma esclerose lateral amiotrófica que a levaria a uma paralisia progressiva, até não conseguir mexer um só músculo do seu corpo. Mas ela me magoara e me deixara só e raivoso. Nunca foi tão claro que eu a amava e agora a odiava por não me levar em consideração quando tomou aquele monte de comprimidos.

Foi isso que me trouxe àquela sessão espírita. A médium me fez um monte de perguntas, contei-lhe em detalhes quem era Margarida e como era o nosso relacionamento e a sua doença. Paguei caro a sua consulta e ela me pôs em contato com Margarida, que simplesmente falou pela boca daquela mulher. E o que ela disse foi lacônico (ou não foi) como seu último bilhete. "Em alguns casos a morte é um upgrade." Depois perguntei à médium se ela (aliás, Margarida) achava que eu devia segui-la na morte. E a resposta foi a seguinte: "Cada um deve seguir o seu caminho próprio". Perguntei também se eu a encontraria em outro mundo e ela foi enfática: "Encontrará, sim, mas cada um deve seguir o seu caminho próprio, até que tudo esteja esgotado".

Agora, aos oitenta anos, sinto-me só e não muito lúcido, pois falo sozinho, às vezes me vejo fazendo as coisas com ela. Quando vejo vídeos, escolho os que Margarida gostava. Já me vi segurando a sua mão e, quando voltei a mim, chorava como uma criança.

A minha solidão está me deixando louco, falo sozinho, mas na verdade me dirigindo a Margarida. Então, respondendo à sua pergunta, escrevo para me pôr em contato com ela, é a ela que me dirijo, é minha única leitora, e agora os milhares de pessoas que me lerão nos jornais. Sei que, profissionalmente, sou apenas um mero contista como os outros tantos que existem no país. Que nas retrospectivas futuras, quando fizerem um balanço, me citarão como um dos representantes do conto desse princípio do século 21. Mas algo me diz que este conto aqui será lido por muitas pessoas, alunos de letras, participantes de oficinas e, principalmente, jovens românticos de ambos os sexos.

Antes que me torne um Werther deste nosso tempo, devo dizer que já pensei em suicídio muitas vezes. Mas é Margarida dentro de mim que me diz que devo seguir o curso do rio e que em algum ponto longínquo no espaço me reunirei a ela, e é fundamental que eu não perca a paciência. Levando em conta os males e o envelhecimento dos corpos, seremos apenas almas fundidas uma na outra e assim estarei com Margarida. Aliás, serei Margarida, e não posso imaginar amor mais completo do que esse pairando num espaço que ainda não me foi totalmente revelado, e Margarida me diz que não devo ser prolixo, que devo parar com essa ânsia de escrever sobre a essência do mundo. De todo modo, devo dizer que é por isso que escrevo. (Obs.: Margarida não existe. Nem eu.)

O bordel

Tenho um sonho recorrente, embora ele às vezes demore alguns meses para se manifestar de novo, que é uma visita minha a um bordel bastante especial. O estabelecimento se situa numa casa numa cidade do tamanho da Belo Horizonte de algumas décadas atrás, quando ainda não era muito populosa. Pois a rua onde se localiza é uma rua aprazível, num clima de primavera ou princípio de outono ao anoitecer. E sinto-me bem, desde logo, nesse vazio urbano que só é possível nos sonhos. Ao me aproximar da casa, uma confortável e ampla construção, já me sinto feliz e cheio de expectativas. Sei que ali vou encontrar mulheres atraentes, mas acabarei por me ligar apenas a uma delas.

Ao contrário dos bordéis da realidade, nesse é possível se relacionar não apenas carnalmente, mas afetiva e até quase espiritualmente com uma das moças. Elas se encontram numa sala não muito iluminada e não aliciam os fregueses. Aliás, o único freguês, além de mim, é um homem magro, de terno bem cortado e com uma expressão de amável e um tanto irônica cordialidade. Pensando agora em todas as imagens, me vejo dentro de um filme de Buñuel.

As mulheres estão um pouco afastadas uma da outra, não conversam entre si e antes me fitam em silêncio, mas um silêncio cheio de promessas. As moças, menos uma, têm o rosto com traços que não guardei. Uma delas lê um livro, sentada, de pernas cruzadas, numa poltrona, deixando entrever, como se estivesse distraída, um bom pedaço de uma coxa. Não sei por que me vem à cabeça que o livro é *Paroles*, de Jacques Prévert, que li um dia em Paris, aos dezenove anos, viajando sozinho e me sentindo um beatnik, perambulando pelas ruas e me sentando em bancos de praças e parques, depois de ter gasto quase todo o meu dinheiro num clube de jazz e com prostitutas de Pigalle, bairro onde ficava o hotel em que eu me hospedava.

Mas voltando ao último desses sonhos recorrentes, que sonhei dias atrás, pois nos sonhos subsequentes poderá haver pequenas diferenças, mas preservando o clima e o espírito do ambiente dentro da casa, vejo um quadro na parede — ou posso estar inventando isso, como algumas outras coisas — meio figurativo, meio cubista, que retrata uma mulher de uns trinta anos contemplando o Cristo crucificado, no meio da turba cruel e ignara. Ela usa um vestido da época e, embora não haja título na tela, penso em Maria Madalena.

O que me leva a escolher entre as mulheres é apenas uma troca de olhares cheios de significações, com aquela em particular. É claro que a amo desde sempre e é sempre a mesma, embora possa mostrar rostos diversos em cada um dos sonhos. Neste último é uma morena clara, com cabelos lisos, traços harmônicos, mas não comuns, e se veste com uma elegante simplicidade, um vestido de um tecido macio e com finas listras verticais. Com a agilidade dos sonhos, logo estamos num quarto, com as paredes bem pintadas de branco e muito asseio. Na cama há uma colcha também branca e logo estou sentado nela. Não perguntamos os nomes um do outro, mas sei que ela é *ela* e eu sou eu, claro.

Sem trocarmos palavras, porque não são necessárias para o nosso entendimento profundo, ela se despe vagarosamente, mostrando aos poucos seu corpo, nem de longe perfeito, mas magnético para mim. Pois sei que ela também me ama e está disposta a satisfazer-me, não apenas sexualmente, mas afetiva e até espiritualmente, repito. Por fim, fica só com uma calcinha azul-clara sem nenhum daqueles adornos extravagantes que algumas mulheres vulgares ostentam. É uma calcinha lisa e os seios da jovem são pequenos e ela os esconde em parte, com uma das mãos, como se fosse uma dama recatada.

Não chegamos a manter uma relação, pois acordo antes que isso possa acontecer. Porém desperto cheio de amor e não me queixo de não irmos até o fim. Ainda estou sob a influência do sonho e sinto-me feliz. Mas depois tenho que me levantar para as vicissitudes do dia.

Esse sonho me deixa um sentimento de realização, apesar de que anseio sempre por uma nova noite com ela. Mas não posso prever quando voltará ao meu ser adormecido. Infelizmente, não basta concentrar-me nessa mulher para que se manifeste quando eu quero ter esse sonho. Ela surgirá, me parece, quando quiser, como se tivesse vontade própria, ou quando minha mente, livre do *real*, me levar novamente à sua presença. Mas fico na expectativa de que possa surgir outras vezes, até o fim dos meus dias, e cheio de uma supersticiosa esperança ou quase de uma religiosidade que nenhuma religião poderá oferecer, e às vezes penso, insensatamente, se esse sonho não será uma antecipação de mistérios que me aguardam depois da última e aparentemente definitiva noite.

Desconfio que essa mulher é a mesma que me apareceu noutro sonho, muitos anos antes, quando eu morava no subúrbio de Venda Nova, em BH, com uma mulher de quem gostava muito, assim como ela de mim. Ficamos tão isolados naquele subúrbio que em breve nossa relação iria se deteriorar. Mas éramos felizes quando tive aquele sonho em que, sentados um ao lado do outro no sofá de uma sala, estou com uma psicanalista tão meiga e atraente que fico apaixonado por ela. Sei que ao menos seguramos as mãos um do outro, e com ela também não tive uma relação, porém acordei com uma intensa e agradável perturbação. E meu inconsciente me mostrava que a fidelidade, como alguém já disse, é uma renúncia, para homens e mulheres.

Obviamente não contei o meu sonho para minha companheira, pois isso a deixaria furiosa e agressiva e talvez se vingasse de mim, entregando-se a outro homem, o que me deixaria também furioso e deprimido. Nessa época eu fazia análise com um psicanalista que me pedia que levasse para ele meus sonhos, fantasias, além de aquarelas e protocolos, que eram textos escritos livremente sem nenhuma censura. Era um homem afável, que falava pouco, e tenho saudades dos nossos encontros e até hoje guardo recordações de coisas que ele, que já está morto, me disse. Fui obrigado a me defrontar com a possibilidade de que a mulher do sonho representava, entre outras coisas, o analista, mas já poderia ser também a mulher do sonho recorrente, que só comecei a ter tempos depois.

Tenho ainda outra forte recordação que me acompanha há décadas, de quando eu tinha vinte e nove anos e me apaixonei por uma moça de dezoito, que também se apaixonou por mim. Ela era virgem e eu não queria ter a responsabilidade de tirar sua virgindade. Era linda e ficávamos abraçados, nus, por longas horas e falávamos muitas vezes sobre morarmos juntos em alguma *garagem*, mas depois, cheio de culpa, contei o caso para minha mulher. E esta me disse que também tivera um caso, o que me deixou louco de ciúmes. Meus conflitos, então, se tornaram ainda maiores e deixamos de nos encontrar, eu e a mocinha, que acabou se tornando companheira de um jovem músico. Quando ela já estava com ele e não era mais virgem, chegamos a ter relações esparsas e gostei muito. Aí surgiu a mulher de Venda Nova e deixei o casamento para morar com ela. Mas em minhas recordações a mais querida é a garota de dezoito anos. Atualmente é casada com um americano, mora nos Estados Unidos e já passa dos sessenta e alguns anos. Chegamos a trocar alguns longos e-mails muito afetivos e, curiosamente, embora tivéssemos também trocado fotos, foi como se o tempo não houvesse passado e aí, tendo ela contado sobre esses e-mails para o marido, a correspondência eletrônica cessou. Disse o marido que nossas mensagens eram uma Caixa de Pandora que de repente se abria e paramos com os e-mails. Curiosamente, minha recordação mais forte e querida entre as mulheres, agora que estou só, é a dela. Tenho certeza de que, se houvéssemos ficado juntos, isso acabaria por comprometer nosso amor, inclusive porque ela ainda tinha muito por viver, o que se tornou uma realidade. Éramos, os dois, pessoas de temperamento difícil, mas como nos amamos! E de alguma forma ficamos parados no tempo, o que chega a ser real, pois no disco *Clube da Esquina*, em vinil, de Milton Nascimento, com muitas fotografias na capa, de amigos e parceiros do artista, há uma foto minha e outra da garota, muito bela, um ao lado do outro, na última carreira de retratos, no lado esquerdo dessa capa. O extraordinário e para sempre jovem disco de Milton certamente sobreviverá a nós dois e estaremos fixados no tempo, como imagens de um sonho vívido, beirando o eterno. E quando ouço alguma das canções do *Clube*, a imagem da mocinha vem com toda a força ao meu pensamento e é bem mais nítida que a de um sonho.

Milton era um negro bonito, um imenso compositor e cantor, que exercia grande fascínio sobre nós, que estávamos próximos dele. E isso agora me leva a outra memória, quando eu ainda era muito jovem e solteiro, de uma negra com quem eu trepava e que trabalhava num bordel muito frequentado. Ela me tratava muito bem, até com afeto e muita sensualidade, como se não fosse uma prostituta. E isso me levava a querê-la sempre entre as colegas.

Depois, já morando no Rio e divorciado havia tempo, namorei uma jovem atriz negra muito atraente. E o tesão de um pelo outro era fortíssimo e tivemos belas trepadas. Ela dizia que se ligava em mim por causa do desejo sexual. Penso que o fato de eu ser branco e ela uma negra tinha um papel forte na atração recíproca. Depois a relação terminou, nem sei mais como e por quê.

Agora, aos setenta e seis anos, estou mais ou menos só, embora me encontre regularmente com uma amiga bonita e interessante, quase como uma namorada. Mas o bordel dos meus sonhos recorrentes continua a me trazer grande emoção e alegria, fazendo parte de uma maravilhosa e imprecisa irrealidade, porém mais forte que o próprio *real*. E uma esperança insensata me faz querer crer que depois da morte prosseguirei nesse sonho, embora saiba que o sentimento do amor só pode ser tão intenso e urgente porque temos a certeza de morrer um dia.

Tarzan e o império perdido

Alguns alunos chamavam o colégio de prisão, mas íamos para casa nos fins de semana, menos os que haviam tido algum problema disciplinar e só saíam no domingo. Como castigo, tinham de decorar textos absolutamente inúteis, às vezes em latim. E havia também os que moravam fora do Rio e só iam embora nas férias.

O meu sonho era jogar no primeiro time dos médios, turma para a qual eu fora designado, por causa dos meus quase quatorze anos. Mas eu não tinha talento e categoria para jogar no primeiro time, então só disputava os campeonatos internos. Nesses eu até que me saía bem, de zagueiro central, porque era bom nas bolas pelo alto e tinha físico para enfrentar os centroavantes adversários.

Mas para o primeiro time não dava, porque era composto só de craques. No meio de cento e vinte alunos não era difícil achar uns vinte garotos muito bons de bola. Além disso, o primeiro e o segundo time treinavam entre si uma vez por semana, criando um entrosamento perfeito para a seleção jogar contra equipes visitantes de outros colégios ou de turmas de bairros. E jogando sempre em casa, porque eram internos, os jogadores tinham um conhecimento perfeito do campo de terra, cheio de montinhos e buracos, e não perdiam quase nunca.

Nas horas de recreio, o campo era liberado para todos fazerem o que quisessem. Também se jogava sinuca, pingue-pongue, vôlei. Ou simplesmente se podia ficar conversando em pequenos grupos de quatro ou cinco, que se formavam de acordo com as afinidades entre colegas.

No meu grupo, de quatro, mentíamos sobre já ter tido mulheres, putas obviamente. E havia o sonho irrealizável de sermos um dia alunos de um colégio interno misto. E as namoradas que lá teríamos não serviam como inspiração para nossas punhetas. Dormiríamos juntos, sim, mas cheios de carinho e respeito. E os nossos afetos reais eram mais dirigidos aos amigos íntimos. De vez em quando um de nós tinha um cigarro e fumávamos de noite no pátio, com as mãos em concha, para não deixar visível a brasa. Pensávamos muito em seguir carreiras militares, na Marinha ou na Aeronáutica. E o nosso amigo Eduardo Augusto tinha um prestígio por tabela por ter um irmão mais velho já voando na Escola da Aeronáutica, o que ele também pretendia fazer.

Muito tempo mais tarde, dei com uma notícia de jornal sobre a morte e a queda dele (identifiquei-o pelo sobrenome) num avião da Força Aérea, o que chegou a me emocionar.

Morando todos no Rio, era meio inexplicável que estudássemos num colégio interno, o que, no caso de alguns, podia ser causado por uma separação dos pais, mas não se falava nisso. Mas, quanto a mim, o que meus pais queriam era que eu e meu irmão tivéssemos uma educação religiosa e eu procurava não me revoltar muito com isso, até porque a nossa amizade com os colegas era forte e também a nossa cumplicidade nas transgressões disciplinares. Tentando me lembrar agora de nossos encontros no recreio noturno depois do jantar, quando nos sentávamos num muro meio alto nos limites do pátio, o que vem à cabeça é uma mistura de saudade, poesia e melancolia.

Nas quartas-feiras havia sessões de cinema num auditório grande para todos os alunos. Os irmãos costumavam escolher filmes de aventura, guerra e faroestes. Cenas de sexo nem pensar, e dava para detectar quando a película havia sido cortada. Mas uma vez deixaram escapar por um segundo, num faroeste, uma cena em que um rapaz e uma moça novinhos, amigos na pré-adolescência, tiram, inocentemente, as roupas num segundo e mergulham de costas num riacho. Aquela cena nunca mais me saiu da cabeça e creio que da dos outros também.

O irmão Francisco, regente dos médios, que também chamávamos de seu Chico, era muito boa-praça e tentava fazer com que nos sentíssemos bem no colégio. Todos gostávamos dele, que podia até nos ajudar em momentos de crise pessoal. Depois daquele último recreio, o da noite, íamos para uma grande sala de estudos até as oito e meia, quando subíamos para o dormitório, para dormir às nove. Acordávamos às seis e meia e íamos direto para a missa diária, chatíssima, antes do café da manhã. Os que estavam em estado de graça, depois de ter se confessado na véspera, podiam até comungar. Cheguei a fazer isso algumas vezes, pois era convencido nas aulas de religião que existiam o céu e o inferno e podia-se merecer um ou outro. Pensava em santos e demônios, e pela minha cabeça, em momentos beirando uma certa loucura, agora vejo, chegou a passar a ideia de tornar-me irmão marista. Éramos encorajados a ler a *História Sagrada*, suas histórias me pareciam excitantes e havia até certo erotismo velado em todos aqueles episódios de união entre homens e mulheres.

Mas nada podia ser comparado ao tesouro que me caiu nas

mãos, emprestado por um colega: *Tarzan e o império perdido*, de Edgar Rice Burroughs. Tarzan encontrara esse império desgarrado do império romano e composto de dois reinos em duas cidades, Castrum Mare e Castra Sanguinarius. Ler livros fora do currículo escolar era totalmente proibido no colégio, e meu coração batia forte com a leitura emocionante, por suas aventuras para nós secretas, em plena sala de estudos. Havia uma tática para quem estava disposto a arriscar. Era pôr livros e cadernos uns em cima dos outros numa pequena pilha, de modo que o livro proibido não ficasse à vista, atrás de uma pequena pilha com outros livros e cadernos. Foi o que fiz aquela noite, mas estava tão absorto na leitura que não vi o irmão Francisco aproximar-se pelas minhas costas e arrebatar-me o volume, justamente no momento em que lia, com o coração batendo forte, aquele pedaço do livro em que Tarzan, escravizado pelo imperador Sublatus, de Castra Sanguinarius, território desgarrado havia séculos do império romano numa montanha da África, era obrigado a lutar como gladiador no coliseu do reino. Tive vontade de chorar e até hoje ainda penso que Edgar Rice Burroughs foi um dos melhores autores que li em minha vida, mas não tenho coragem de relê-lo, com receio de desiludir-me.

Apesar do confisco do livro e da raiva que senti naquele momento, não deixei de gostar do irmão Francisco. Às vezes ele interrompia um desses estudos da noite e, entre outras coisas, falava de religião. Mas o seu Deus não parecia ter nada a ver com o Deus e o Cristo dos outros irmãos. E não me lembro de ele ter mencionado o inferno, apenas falava da bondade do Senhor, sempre disposto a perdoar os nossos pecados, concedendo a todos os arrependidos o paraíso.

E num dia daqueles, sem que nenhum sinal houvéssemos obtido da vida, morreu um aluno da turma dos maiores, chamado Humberto, de uma doença ao que parecia respiratória. Nunca tinha visto um defunto na vida e fiquei impressionado com sua palidez e feiura. Fizemos fila para vê-lo na enfermaria e confesso que fiquei muito abatido com aquela visão. Não houve aulas, o que acabou sendo pior, pois, atrás de piadas e comentários mórbidos dos alunos no pátio, escondia-se em nós a incompreensão e o medo. De todo modo, os irmãos acharam por bem não cancelar os períodos de estudos e, naquela noite, o irmão Francisco falou para nós, como seria de esperar, numa prédica que valorizava a fé e a esperança. Disse que não estávamos aptos a compreender os desígnios de Deus, que devíamos rezar por nosso colega que, possivelmente, já gozava de uma bem-aventurança eterna.

Mas, nas prédicas costumeiras, irmão Francisco falava mais numa felicidade terrena. E dizia que rezava para que todos nós fôssemos felizes na vida. Quantos de nós teremos assim conseguido? Indiretamente, irmão Francisco dava a entender que essa felicidade teria a ver com casamento e filhos. E eu ficava imaginando quem poderia ser a minha esposa, a quem eu amaria muito e que me amaria.

Eu não era dos mais estudiosos, mas durante um dos quatro anos em que fora interno decidi ser o primeiro da classe, estudando com uma força de vontade férrea. Primeiro não consegui, como se não fosse talhado para isso. Mas ficava sempre entre os cinco, dez primeiros de minha classe. Porém, isso não era o suficiente para satisfazer-me e logo me cansei daquele papel e me aproximei das chamadas más companhias, que me pareciam muito mais sedutoras do que a dos CDFs que obtinham os prêmios e as distinções nos estudos. Passei a falar muitos palavrões, e de sexo, como meus novos amigos e, decididamente, parei com a religião, e a comunhão me pareceu um sacramento ridículo. Passei a ser um dos últimos colocados de minha classe e sentia um secreto orgulho disso. Irmão Francisco me olhava com aquilo que me parecia a ironia de quem compreendia tudo. E não se opôs a que no ano seguinte eu fosse transferido para a turma dos maiores, na qual era permitido até fumar.

Mas, antes que isso acontecesse, o que eu queria mesmo era ser bom de bola e do primeiro time dos médios, antes de ser transferido de turma e logo depois sair do colégio. Admirávamos tanto aqueles garotos que sentíamos até orgulho quando um deles se dignava a ser nosso amigo. O time era tão bom que o goleiro era titular do infantojuvenil do Botafogo, sendo dispensado dos treinos da semana. E, jogando num domingo um amistoso contra o time do América, em Campos Sales, goleamos por cinco a zero. Mas nunca fui craque, muito menos para aspirar à glória suprema de jogar no time do meu Fluminense.

De todo modo, meu futebol foi melhorando à medida que me tornava mais velho. Passando o tempo, muitos do primeiro time foram transferidos, por idade, para a turma dos maiores. E cheguei a ser escalado, por duas vezes, para treinar, deslocado para a lateral direita, no segundo time contra os titulares. Estes, incluindo alguns novatos, eram muito melhores do que nós, e eu tinha dificuldade em marcar seu ponta-esquerda; me escondia um pouco do jogo, mas não cheguei a comprometer.

Nos dias de jogos, o irmão Francisco escrevia no quadro-negro os números dos alunos que deviam atuar pelo primeiro time. O titular da zaga central, Bruno, estava com hepatite e sem ir ao colégio. Seu substituto tinha o apelido de Pé de Ferro e não se saiu bem em dois jogos. Mesmo assim foi uma grande surpresa ver o meu número, 104, no quadro-negro, escalado para jogar, na minha verdadeira posição, num jogo contra o Radar, time prestigiado do Leblon. Poucas vezes na vida senti tanto orgulho, ao me entregarem a camisa três do time dos médios para entrar em campo.

O jogo estava sendo muito mais difícil do que o costumeiro, porque a turma do Radar era boa de fato. Mas abrimos a contagem numa arrancada do Tito pela ponta-direita. O goleiro adversário saiu do gol e o Tito rolou no outro canto e marcou. Depois dos abraços e coisa e tal, eles vieram para cima e empataram, numa jogada de pé em pé, terminando com uma cabeçada do centroavante no ângulo. Não se poderia dizer que tive alguma culpa no lance, mas sempre fica uma sensação ruim quando a jogada foi pelo nosso setor. Cheguei a subir com o centroavante, mas ele era muito mais alto que eu.

Jogando em casa, um verdadeiro alçapão nosso, o empate, mesmo contra o Radar, era uma derrota. Mas se podia esperar que o nosso ótimo ataque resolvesse a parada e continuei jogando o meu jogo na defesa, cumprindo o meu papel.

Veio um centro sobre a nossa defesa, antecipei-me aos atacantes adversários e cortei a bola com o peito. E o normal seria que eu rebatesse a bola para o campo deles, como era do meu feitio, aliás, o meu papel. Mas vi um espaço vazio ainda no nosso campo e não sei o que me deu. Avancei com a bola e, em vez de entregá-la ao nosso meia-armador para que ele organizasse a jogada, passei do meio de campo, em direção à intermediária deles. Cheguei a pensar em chutar em gol dali mesmo, mas o Álvaro, livre na ponta esquerda, começou a gritar. Passa a bola, passa a bola, porra. E quem era eu para desobedecer? E passei para ele, mas sem voltar para o nosso campo.

O Álvaro era um craque. Deu um corte humilhante no lateral direito deles, chegou rápido à linha de fundo e fez que ia chutar dali mesmo. Mas não chutou, até porque o goleiro deles fechou o ângulo. O Álvaro então olhou para a área, me viu entrando livre na pequena área, sem goleiro à minha frente. E estendeu para mim na medida, com o gol escancarado à minha frente. Era até mais fácil marcar aquele gol do que perdê-lo. E concluí com o meu pé direito, o meu pé bom.

Jamais saberei por que a bola subiu tanto e perdeu-se por cima da trave. Coisas de bola, só posso dizer. Logo depois o jogo acabou. O empate contra um time como o Radar não era desonroso e não me crucificaram. Mas tenho mais do que nunca uma certeza. Se aquela bola tivesse entrado, minha vida — e nem falo de futebol — teria sido outra.

Vejo

Vejo. A mocinha de dezessete anos, com os seios de fora, rodopiando no palco, ao som de uma música hollywoodiana, na peça que escrevi. E me sinto exaltado, como se houvesse materializado uma fantasia. Vejo, e nunca mais esquecerei, um presépio animado expressionista criado num palco em Iowa City pelo jovem Robert Wilson. Vejo, na capela do colégio interno, a imagem da Virgem Maria. E peço a ela que me faça feliz na vida. Vejo minha noiva, toda de branco, entrando na igreja, ao som de Bach, enquanto a espero no altar. Vejo: outra noiva vestida de branco, mas horrível, com cara de bruxa, com um gavião pousado em seu ombro, enquanto a espera, no altar, um anão. Ouço, no quarto do hotel, em Caxambu, a bruxa perguntar ao anão se ele a ama. Ele diz: muito. Para sempre?, ela pergunta. Sim, para sempre. Vejo: o anão no quarto de um bordel, traindo a noiva com uma puta linda. Vejo: minha amante inerte no caixão e sussurro: como poderemos nunca mais nos abraçar? E penso: como pode a vida ser tão cruel e fugidia? Vejo: a garota que chora, escondendo a cabeça no travesseiro. Meu fantasma que chega até ela, afaga seus cabelos e diz: não chore, você vai arranjar outro namorado muito mais bacana. Ou quem sabe uma menina? Vejo: Erik Satie, ao piano, com seu terno surrado, compondo a sua *Gymnopédie* nº 1, em seu quarto totalmente bagunçado. Vejo: Marcel Duchamp pintando o seu *Nu descendo uma escada*. Vejo: no horizonte, a caravela se afastando desta terra amaldiçoada. Vejo: o demônio sentado numa poltrona de teatro aplaudindo a peça sacrílega do Zé Celso. Vejo: finalmente Deus, abstrato e indescritível, no éter. Vejo: meus melhores amigos mortos gozando a vida eterna. Penso: que a vida eterna só poderia ser de almas. Pois como refazer os corpos, em que idade? Vejo: William Shakespeare escrevendo com uma caneta-tinteiro o *Macbeth*. Vejo: na cabine de uma loja, duas moças se trocando. Vejo: uma das moças vestindo um maiô inteiriço, sensual e preto, que a deixa linda, atiçando o desejo do escritor. Vejo: o escritor acessando o site pornográfico no computador. Vejo: na TV, o filhote de elefante sendo devorado pelos leões. Sinto: que a vida, toda ela, é um devorar sem fim. Sinto: um desejo de morrer, mas não posso eu mesmo me matar. Tenho de deixar as coisas seguirem o seu rumo, para ver aonde vão dar. Leio: no livro *Cosmos*, de Carl Sagan, a grandeza infinita e inconcebível do Universo. Penso: que quem sabe retornaremos a alguma espécie de vida. Vejo: eu mesmo no caixão e estou com muito frio. Penso: onde foi parar a vida que me habitava havia pouco? Vejo: o mendigo dormindo na rua sem possuir absolutamente nada. E, no entanto, vive. Vejo: o casal dormindo abraçadinho. Vejo: que no sonho de cada um surgem outros amantes. Sinto: que não se devem interpretar os sonhos, apenas vivê-los. Penso: que os sonhos vão muito além dos filmes no cinema. Vejo: a personagem que escapou do livro do escritor e foi ao teatro. Vejo: o escritor que, inconformado com o seu fracasso, dá um tiro na cabeça com um revólver que comprou depois que o governo fascista liberou as armas. Vejo: no céu dos suicidas, Torquato Neto passeando num lindo parque, de mãos dadas e felizes, com Sylvia Plath. Vejo: no dia seguinte, que uma linda flor se abriu durante a noite em meu quintal, sem ninguém a testemunhá-lo. Se houvesse essa testemunha, a flor se recusaria a abrir. Vejo: uma reunião do Ministério da Justiça fascista votando pela proibição do meu prosopoema. O secretário-geral da Justiça diz que o poema pode ter um código subversivo. Vejo: o noticiário de TV evangélica elogiando o governo fascista. Vejo: numa reunião numa entidade dos empresários, um deles toma a palavra e elogia o governo fascista. Diz que agora sim, o Brasil vai pra frente. Vejo: sobre um caixote na avenida, o político do partido alternativo dizendo que só a poesia salva. Vejo: na TV, um documentário sobre um país africano onde toda uma tribo foi dizimada com requintes de crueldade. Leio: num texto surrealista, que só as bocetas tatuadas em forma de flores gozarão delícias herméticas. Vejo: a bola chegando ao fundo da rede com aquele barulhinho característico. Vejo: torcedores se matando com barras de ferro. Vejo: no escuro da sala, a TV passando para ninguém. No filme, em preto e branco, uma mulher linda, amarrando seu cinto diante de um homem, significaria, para os eventuais espectadores, que eles acabaram de fazer amor. Vejo: uma mulher real, deitada no sofá da sala, dormindo diante da TV ligada como se estivesse ela mesma em outro filme. Vejo: no fundo do oceano, o peixe mínimo prestes a ser engolido. Depois, é como se não tivesse havido peixe nenhum. Vejo: o pássaro colorido que sobreviveu por um triz aos predadores abrigado no ninho, e agora cruza o céu cantando. Vejo: o homem que escuta esse pássaro, totalmente esquecido das atribulações do mundo. Vejo: o escritor, de costas, mergulhado no seu trabalho. Por que estará sempre triste o escritor quando escreve?

Um conto quase mínimo

O importante neste conto quase mínimo é que ele traga momentos muito breves de felicidade, para quem o lê e para quem o escreve. Pode ser assim. Um homem que, por circunstâncias de uma viagem de carro, deve passar a noite com sua cunhada numa pousada à beira da estrada, no interior de Minas. Ambos estão fatigados de uma longa viagem, de Goiânia, onde residem os pais dela — e ele estava lá justamente buscando um carro —, até o Rio, onde eles dois moram.

Vêm se revezando na direção e agora é ele quem dirige. Estacionam o carro no pátio da pousada e, como são pessoas modernas, nem precisam dizer que dormirão no mesmo quarto, pois é tão natural isso, que esses quase parentes dividam um aposento. Como ela é mulher do seu irmão, seria impensável que os dois transassem, mas, para evitar qualquer mal-entendido, pediram duas camas de solteiro, embora estejam as duas camas lado a lado. E avisaram aos respectivos companheiros lá no Rio, pelos celulares, que haviam decidido passar a noite na estrada, pois estão cansados.

Quem vai primeiro no banheiro é ele, toma uma chuveirada rápida, com água morna, depois veste uma bermuda limpa, que trouxe numa sacola, uma camiseta sem mangas e vai deitar-se na cama que lhe cabe. Ela, ainda vestida, cruzou com ele em direção ao banheiro, tocou-lhe o braço com um dedo por um momento infinitesimal, à guisa de um cumprimento brincalhão.

O banho dela é mais demorado, pois lava a cabeça, livrando-se da poeira da estrada, depois usa o secador. Por uma pequena fresta da porta, ele a vê passando para lá e para cá, mas não dá para distinguir claramente nenhum detalhe de seu corpo. No entanto pensa nela graciosa, como sempre pensou.

Pela mente do quarteto inteiro, os dois irmãos e as duas moças, já se passaram fantasias em que se trocam os parceiros. Apenas fantasias, pois não são modernos a esse ponto e também temiam o que poderia acontecer a partir daí. Nenhum dos dois foi fiel na vida aos respectivos companheiros, mas envolvendo outras pessoas que não irmãos ou cunhados, pois caso contrário a coisa poderia ser grave, talvez definitiva, cheia de culpa.

Mas ambos estão sentindo um prazer quase inocente com a intimidade que ora desfrutam. Porém, ele não quer embaraçá-la, e cerra quase totalmente os olhos quando ela sai do banheiro enrolada numa toalha. No quarto quase escuro, pois há apenas uma luz baça que ficou acesa no banheiro, ela certifica-se de que os olhos dele estão fechados, como quem já dorme. E pega em sua maleta de viagem uma camiseta e uma calcinha, e só então tira a toalha do corpo. Depois vai ao banheiro e apaga a luz.

Agora está tudo imerso num breu tão negro que ela tem medo de tropeçar numa cadeira ou nas camas. Então vai à janela do quarto, visível apenas por frestas, e puxa a correia da cortina, deixando a janela um pouco aberta, para que não sintam calor à noite (ah, deve ser isso). Há algumas luzes no jardim da pousada, suficientes para iluminar um pouco o quarto e para que se projetem no corpo muito branco da mulher — através das frestas e da abertura na cortina —, num leve balançar-se, folhas e galhos das árvores do jardim, enquanto se ouvem os ruídos de muitos insetos.

Com o coração a bater forte, o homem, com seus olhos entreabertos, vê a mulher nua, as folhas e os galhos se mexendo no corpo dela, numa espécie de caleidoscópio de sombras. É uma visão magnífica e o homem acaba por abrir inteiros os olhos.

Intuindo que está sendo espiada, ela olha diretamente para a cama, ele não mais disfarçando que a observa, mas depois ela finge que continua a olhar pela janela, de perfil. E sorri, como se fosse para ninguém em especial. E, em vez de vestir-se imediatamente, pois traz a camiseta e a calcinha nas mãos, ela se dá um pequeno tempo, para que ele a veja bem, inclusive de frente e de costas. Depois, com gestos muito sedutores e agora meio séria, começa a vestir-se vagarosamente, com uma sensualidade ainda maior do que se estivesse se despindo.

Ambos sabem que nada deverá acontecer entre eles e ela agora termina de se vestir e vai deitar-se na cama, cobrindo-se com um lençol. Não se dão nem boa-noite, pois, para todos os efeitos, já deviam estar dormindo. E de fato ela adormece logo, mas ele não. Conserva a imagem dela na mente e está muito excitado, mas seria detestável se se satisfizesse sozinho. Preferível continuar a pensar nela nua, cheia de folhas e galhos refletidos em seu corpo tão belo e magro: que ele sente como não menos que maravilhoso.

Na manhã seguinte, eles se vestem cada um a seu tempo, ele no banheiro, ela no quarto, tomam café juntos e seguem viagem. Jamais tocarão no que aconteceu naquela noite, claro, mas para a vida inteira compartilharão aquele segredo: que ela se deixou ver e ele a viu, por um breve tempo, que foi dos mais significativos na vida deles dois.

Quanto aos seus verdadeiros companheiros, terão sentido a

desconfiança, quase a certeza, de que algo se passou entre eles naquela noite, mas sem saber o que ou como, exatamente. E, enquanto pensavam em probabilidades, logo após eles dois terem chegado, sentiram um enorme desejo de foder. E, após o almoço, entregaram-se loucamente a seus parceiros fixos.

O tempo passa e chegou o Natal. Houve uma festa de família e se deram presentes. Ela deu um livro para ele que, ao abri-lo, viu que era uma coletânea de poemas selecionados de John Keats, no original. E, com uma voz inocente, ela lhe disse, com um sorriso angelical: "Você deve conhecer aquele famoso verso de Keats, não? A *thing of beauty is a joy forever*".

Le bateau ivre

Cenas para conto ou encenação teatral

Uma espelunca numa rua secundária de Copacabana. Servem bebidas e pratos feitos, mas só tem um freguês nesse momento, um homem de uns sessenta anos, usando roupas modestas e bebendo conhaque sentado a uma mesa com tampo de fórmica. Há um outro homem ao balcão. Aparenta uns quarenta anos. Num aparelho de televisão, se noticia uma enchente no centro, bairros e morros da cidade etc. O locutor fala em estado de calamidade pública. Carros encobertos ou arrastados pela chuva. Contados até agora vinte mortos e há mais uns vinte desaparecidos. Barulho de um forte temporal lá fora.

(Observação: A espelunca não precisa ser necessariamente realista. Pode ser estilizada da forma escolhida pelo diretor. Como um hiper-realismo brasileiro, digamos. Ou apenas com o cenário e os adereços necessários.)

HOMEM DO BALCÃO: Vinte mortos até agora e ainda há muitos desaparecidos. Você ouviu? Uma mulher foi tragada para dentro de um ralo.

FREGUÊS: Que barra, hein.

HOMEM DO BALCÃO: Estou com medo de alagar aqui dentro.

Nesse momento entra na espelunca uma jovem mulher completamente encharcada. Por suas roupas, vê-se que é uma mulher de classe média, bonita. Traz um guarda-chuva em péssimo estado, praticamente sobrando só umas duas tiras de duas abas laterais e o cabo.

MULHER (*para o homem do balcão*): Posso me abrigar aqui?

HOMEM DO BALCÃO: Pode, claro, quer beber alguma coisa?

MULHER (*olhando para o homem à mesa*): O que o senhor está bebendo?

HOMEM: Conhaque.

MULHER (*para o homem do balcão, sentando-se a uma das três mesas existentes e segurando o guarda-chuva agora fechado*): Um conhaque para mim também, senhor.

HOMEM DO BALCÃO: De que marca?

ELA: Qualquer uma. (*Apontando para o homem à mesa.*) A que ele está bebendo. Qual é?

BALCONISTA: Conhaque Napoleão, senhorita. Ou será senhora?

MULHER: Isso pouco importa. (*Ela ri.*) Mas que marca para um conhaque: Napoleão. Pelo menos é bom?

HOMEM À MESA: Para mim serve. (*Ela ri de novo, mas parece um pouco nervosa.*) Um Napoleão para mim também.

O homem do balcão chega até a mesa e os serve, primeiro ela, depois o homem. O balconista deixa a garrafa sobre a mesa dele. O homem bebe a sua dose de um só gole e ela bebe a sua mais devagar. Após um intervalo de silêncio, o homem do balcão fala para os outros dois:

HOMEM DO BALCÃO: Mas que temporal, hein.

MULHER: Eu gosto de chuva. A temperatura fica mais amena e a cidade mais civilizada, mais cinzenta.

HOMEM DO BALCÃO: Mas está morrendo gente, senhorita.

MULHER: Podem pensar que eu sou insensível, mas essas tragédias me dão é raiva. As autoridades não fazem nada para melhorar o escoamento, todo ano é assim, e o dinheiro para as obras é todo roubado. Deviam fuzilar os ladrões do dinheiro público. *(Para o balconista.)* Não tem jeito de pôr um pouco de música?

O balconista desliga a TV no controle remoto e aperta o botão de um CD player. Começa-se a ouvir música. Talvez um bolero bonito. O homem se serve de conhaque e o bebe de novo de um só gole. A jovem só agora terminou a sua dose.

MULHER (*para o balconista*): Também quero mais uma dose.

BALCONISTA: É melhor ir devagar, senhorita. (*Ele vai levando a garrafa para a mesa dela e a serve.*) Conhaque é uma bebida forte.

ELA (*apenas bebericando*): Sim, devagar. E tenho que ir embora mesmo.

HOMEM À MESA: Vai sair com esse tempo? Uma mulher foi tragada por um bueiro.

ELA: Se eu não chegar, ele vai ficar furioso.

HOMEM: Seu marido?

MULHER: É, pode-se dizer assim.

Ela abre de novo o guarda-chuva em frangalhos e dá uma risada. Vê-se que indiscutivelmente tem senso de humor.

MULHER (*levantando-se*): Só que, com a ventania, vou parecer uma bruxa sobrevoando Copacabana com a sua vassoura.

Todos riem. O balconista desliga o toca-discos e torna a ligar a televisão, cuja tela não precisa estar acesa para os espectadores.

BALCONISTA: Vejam, as pessoas estão navegando em pranchas de surfe, há carros submersos e até barcos com guarda-vidas, ou sem eles, na enchente.

Mulher fecha o guarda-chuva, deixa-o numa cadeira e vai sentar-se à mesa do homem, levando seu cálice de conhaque.

MULHER: Já sei, moro aqui perto e vou pedir carona num barco. (*Ela ri, mostrando-se um pouquinho embriagada.*)

HOMEM: Le bateau ivre!

MULHER (*olhando espantada para ele*): Ah, o barco bêbado!

HOMEM: Estaria na medida para você. Você fala francês?

O balconista acompanha a conversa com interesse.

ELA: Quase nada. E você?

ELE: Talvez um pouquinho melhor do que você.

MULHER: Você trabalha em quê?

HOMEM: Sou vendedor ambulante na praia. Mas num dia como hoje...

MULHER: Vende o quê?

HOMEM: Um pouco de tudo. Camisetas, filtros solares, chapéus, boias para crianças e até livros usados.

MULHER: Livros na praia?

HOMEM: Sempre pode aparecer algum banhista solitário que queira ler na praia. Às vezes até estrangeiros. O livro de Rimbaud, com o barco bêbado, em francês e traduzido, comprei num sebo.

MULHER: E vai vender na praia?

HOMEM: Esse não, guardei para mim. Está em frangalhos.

MULHER: Mas não o que está dentro, não é verdade?

HOMEM: Isso mesmo. Não o que está dentro. Quer dar uma olhada depois, enquanto a chuva não passa? Mais um pouco de conhaque?

MULHER: Não quero ficar bêbada. Há alguém em casa que me mataria. Vou dar um telefonema.

Ela tira um celular da bolsa e começa a falar baixo, mas depois sua voz se altera e percebe-se que está discutindo com alguém.

MULHER: Posso passar a noite em casa de uma amiga. (*Ela hesita.*) Sandra. Ou você prefere que eu me afogue?

Ela se cala, ouve mais um pouco e depois bate o celular com força na mesa.

MULHER: Pronto. Ele me xingou e disse que quer mais é que eu morra. Agora é que vou ter de passar a noite na rua mesmo. Será que posso me encostar aqui, numa cadeira e uma mesa?

HOMEM DO BALCÃO: Pode, senhorita. E eu posso estender um colchonete no chão. Só não posso garantir é que a água não chegará até aqui. Está com cara de que vai transbordar. Já aconteceu outras vezes.

HOMEM À MESA: Olha, senhorita, você pode ficar com o meu quarto. Eu fico aqui no (*ironicamente*) salão.

MULHER: Você mora aqui?

HOMEM: Não, no subúrbio. Mas tenho um quarto aqui, onde guardo as minhas mercadorias. Fica mais fácil de levar para a praia. E às vezes passo a noite nele.

MULHER (*apontando para o balconista*): Ele disse que pode ser que alague tudo aqui.

HOMEM: Você também pode ficar lá em cima no meu quarto, na minha cama, e eu durmo no sofá. Pode confiar em mim...

Ela o olha de cima a baixo, como a medir sua periculosidade. Depois, como se o considerasse inofensivo, diz:

MULHER: Vou aceitar, senhor, senhor...

HOMEM: Tobias. E o seu nome, qual é?

MULHER: Juliana. Agradeço muito a sua gentileza, mas vou aceitar com uma condição.

Ele a olha interrogativamente.

MULHER: Que eu durma no sofá e o senhor na sua cama.

HOMEM: Tudo bem. Se a senhorita prefere assim.

2

Juliana e Tobias já estão no quarto deste último. Bugigangas para todos os lados. Ela levou o guarda-chuva e pousou-o numa cadeira. Agora está sentada no sofá, segurando um cata-vento. Ele pede licença para ir ao banheiro. Quando volta, está vestido com uma bermuda e uma camiseta para passar a noite. É a vez de ela entrar no banheiro. Ao sair, continua com a sua roupa encharcada. Numa prateleira, ele pega outra camiseta e um livro de poemas de Rimbaud, todo desconjuntado. Ele estende a camiseta para ela.

TOBIAS: É melhor você dormir com isto. Com a diferença de nossos tamanhos, vai cobri-la inteira.

JULIANA (*pegando a camiseta e notando o livro nas mãos dele*): Ah, Rimbaud, hein?

TOBIAS (*pegando uma página do livro*): Antes da gente dormir, posso ler um trecho do barco bêbado para você. Tem tudo a ver com o tempo desta noite. Você prefere que eu leia em francês ou português?

JULIANA (*rindo*): En portugais, s'il vous plaît.

TOBIAS: Ah, legal. Vou ler uma tradução perfeita do Augusto de Campos. Antes, você pode se trocar lá no banheiro.

JULIANA: Não precisa, é só você virar de costas. Você pode ler enquanto eu me troco.

Ela se vira de costas e, lentamente, começa a tirar a roupa, próxima dele. Mas não veste a camiseta. Pega o guarda-chuva em frangalhos e o abre. Ele lê, sendo que a direção pode cortar alguma coisa, se ficar monótono, mas penso que a última estrofe deve permanecer, porque tem tudo a ver com a situação. Progressivamente, ela irá ficando nua, equilibrando-se com o guarda-chuva.

TOBIAS: *O barco bêbado*

Quando eu atravessava os Rios impassíveis,
Senti-me libertar dos meus rebocadores.
Cruéis peles-vermelhas com uivos terríveis
Os espetaram nus em postes multicores.

Eu era indiferente à carga que trazia,
Gente, trigo flamengo ou algodão inglês.
Morta a tripulação e finda a algaravia,
Os Rios para mim se abriram de uma vez.

Imerso no furor do marulho oceânico,
No inverno, eu, surdo como um cérebro infantil,
Deslizava, enquanto as Penínsulas em pânico
Viam turbilhonar marés de verde e anil.

O vento abençoou minhas manhãs marítimas.
Mais leve que uma rolha eu dancei nos lençóis
Das ondas a rolar atrás de suas vítimas,
Dez noites, sem pensar nos olhos dos faróis!

Mais doces que as manhãs parecem aos pequenos,
A água verde infiltrou-se no meu casco ao léu
E das manchas azulejantes dos venenos
E vinhos me lavou, livre de leme e arpéu.

Então eu mergulhei nas águas do Poema
Do Mar, sarcófago de estrelas, latescente,
Devorando os azuis, onde às vezes — dilema
Lívido — um afogado afunda lentamente;

TOBIAS (*interrompendo a leitura*): Posso lhe dizer uma coisa, senhorita?

JULIANA (*ainda de costas para Tobias*): Por favor.

TOBIAS: Nunca senti tanta intimidade com uma mulher.

Ela se vira. Está nua, segurando o guarda-chuva aberto em frangalhos. Os dois se abraçam.

A moça de óculos

"A noite no Rio está ficando meio lúgubre, você não acha?", ele disse para ela. "As pessoas estão com medo de ficar na rua até mais tarde."

Como a confirmar suas palavras, ouviam-se tiros mais ao longe, lá para os lados de São Conrado.

"Se você quiser, a gente pode tomar alguma coisa no meu apartamento. Estou achando você meio tenso", ela disse.

"E você não fica nem um pouco, com essa insegurança toda na cidade?"

"Bem, é esse o filme e prefiro não pensar nessas coisas. E pelo menos há mais silêncio nos bares. A gente às vezes pode até ouvir o barulho das ondas, repara só, quando o sinal fica fechado para os carros. E quando não estão passando os caminhões do exército", ela riu.

Estavam na varanda de um bar-restaurante na avenida Atlântica, bem vazio para uma noite de sexta-feira. E eram só vinte e três horas.

"De todo modo", ela disse, "acho mesmo que vai ser mais

agradável lá em casa. Vamos comemorar o nosso reencontro." Ela tocou de leve o pé no pé dele sob a mesa, como acontecera na festa. Muito de leve, mas deu para perceber que era intencional. Como se quisesse deixá-lo mais à vontade e transmitir-lhe segurança.

"Não se assuste se ouvir tiros bem mais próximos do que esses de agora. Os fundos do meu prédio dão para o morro do Chapéu Mangueira. Mas meu apartamento é de frente para a rua Gustavo Sampaio", ela sorria. "E em Laranjeiras, está mais tranquilo?"

"Até que está, e o exército nem vai lá. Escutam-se tiros, sim, mas vêm de trás de um paredão no morro Dona Marta. Nesse último mês explodiram três bancos nas redondezas do meu prédio. Acordei com as fortes explosões, mas logo voltei a dormir", foi a vez de ele rir, mais descontraído, querendo entrar no espírito dela. Achou bom quando o garçom trouxe a conta que ele pedira e pagou sozinho, pois ela só bebera água mineral, enquanto ele tomara uma dose generosa de uísque. E só comeram amendoins, quatro sacos que compraram de um garoto mirrado que devia ter uns treze anos e entrara no bar calçando sandálias havaianas velhas. Não comentaram, mas ambos sabiam que os amendoins eram só para ajudar o garoto. E foi ela quem pagou.

Eles tinham resolvido sair da festa porque o som estava muito alto, para as pessoas dançarem. Eles já haviam cumprido suas obrigações com o anfitrião e só queriam conversar. Fora ela quem sugerira que fossem para um bar na praia.

A princípio ele não a reconhecera na festa, num clube na Urca. Ele havia se sentado sozinho numa mesa de quatro lugares, a mais afastada possível da orquestra. Ela estivera dançando com o anfitrião e, quando pararam, se aproximou toda sorridente da mesa dele. Ele não era cabotino para achar que as mulheres davam em cima dele. Mas não era raro que uma mulher se interessasse por ele e havia quem dissesse que era um homem bonito. Ela então disse, sorrindo ainda mais: "Não está me reconhecendo?".

"Acho que estou", ele disse, encabulado. "Mas, para ser sincero, não me lembro de onde."

"Da Escola de Comunicação, Marcelo."

"Luísa", ele exclamou e levantou-se para beijá-la, depois puxou uma cadeira para ela sentar-se: "Mas você mudou muito."

"Envelheci, você quis dizer", ela disse, num tom meio irônico.

"Não, pelo contrário. Você parece mais jovem e bonita, se me permite dizer. Lembro que de repente você sumiu da escola."

"Tranquei a matrícula no terceiro semestre e nunca mais reabri. Descobri logo que não queria ser jornalista."

Ele se recordava dela na escola sempre de jeans, camiseta, tênis. Agora usava um vestido de uma elegante simplicidade, com a saia na altura dos joelhos. Quando caminhou para a mesa, pisando meio desajeitada, deu para perceber que calçava sapatos verdes de saltos meio altos. Já ele usava um blazer meio amarfanhado, camisa listrada e uma calça de linho.

"E os seus óculos? Você sempre usava óculos de lentes grossas, de menina estudiosa e caladona", ele brincou.

"O Henrique sempre preferiu que eu usasse lentes de contato."

"Vocês namoram?"

"Não, ele é meu ex-marido", foi a vez de ela exclamar, sempre rindo. "E sempre gostou que eu me arrumasse. E agora, no seu aniversário... Depois da separação continuamos muito amigos. E você o conhece do jornal, presumo."

"Sim, lá do *O Dia*. Só que ele é o diretor de redação, como você deve saber, e eu o editor de economia. E ele fez questão de que todos os editores comparecessem a seu aniversário de cinquenta anos. E vou ser sincero: não gosto de festas, mas não dava para faltar. Ele tem poder de vida e morte sobre os empregos no jornal. Não gosta de demitir, mas com a crise..."

"O Henrique é um sujeito muito legal. Quando descobrimos ao mesmo tempo que éramos mais amigos do que qualquer outra coisa, nos separamos numa boa. E ele deixou que eu ficasse com o apartamento e os móveis que eu quisesse. Ter conhecido ele para mim foi inestimável, ele foi o responsável pela recuperação de minha autoestima. Nada de psicanálise, essas coisas."

"Você está fazendo o quê?"

"Sou curadora de exposições no Centro de Arte do Rio."

"Você gosta?"

"Trabalho muito, mas até que gosto. Mas também lá não há nenhuma estabilidade. De repente o Centro pode até fechar."

Eles continuaram a conversar por uns quarenta minutos. Ficaram sabendo um do outro que os dois eram divorciados. Que ele tinha dois filhos pequenos, homens, um de sete, outro de cinco anos. Que ela morava no Leme e ele em Laranjeiras. Ambos tinham trinta anos. Ela foi um pouco reticente quanto à sua vida particular, mas deu a entender que apreciava muito a liberdade. Ele falou que ele nem tanto, fora sua mulher que quisera separar-se, por causa de outra pessoa. Ela percebeu que ele era tímido e nem um pouco presunçoso e gostou disso. Parecia um homem um tanto desamparado. Ela não gostava de homens agressivos, insinuantes. Foi então que seus pés se tocaram levemente sob a mesa. Fora casual, mas não tiraram os pés, nem quando o celular dela tocou duas vezes, ela verificou na tela quem era e desligou o aparelho.

Depois ela atendeu a um chamado, de uma mulher, pois disse assim: "Eu estou bem aqui, querida, e vou ficar mais. Você sabe que o Henrique gosta... Não (*ela riu*), não há perigo de voltar. E você, está bem?". Pausa mais ou menos longa e depois ela disse, com voz carinhosa: "É bom sentir um pouco de saudade". (*Pausa.*) "Pra você também, querida." Depois ela desligou o celular e guardou-o numa bolsinha bem presa a tiracolo no seu vestido. Ele gostou que ela guardasse o aparelho.

Ele disse que nem trouxera o seu celular, pois só o usava a trabalho e para falar com a ex-mulher e os filhos. Mas já estivera com os garotos essa noite. "Os celulares são a praga do mundo moderno, mas às vezes são necessários", ela falou. "Pois eu não tenho nem carro", ele disse. "Mas eu tenho", ela retrucou: "Acho que as mulheres precisam mais que os homens."

Ele ficou contente que ela recusasse dois convites para dançar. Foi depois do segundo convite que ela sugeriu que continuassem a conversa num bar. Disse que depois o deixaria em casa. Talvez porque tivesse de dirigir, não bebera nem uma gota de álcool. Ele bebera uísque moderadamente e os dois aceitaram que um garçom os servisse de camarão à americana.

Continuaram a conversa no carro. Ele confessou que fora um alívio deixar a festa, aquelas pessoas todas falando de economia e política, já bastava ter de acompanhar isso no jornal e na internet. Ela falou que não tinha muito a ver com a maior parte dos convidados. "O Henrique é um cara eclético, tanto é que casou comigo", ela riu outra vez.

Tendo que pisar no freio e no acelerador, o vestido dela se levantou, descobrindo boa parte das suas coxas, sem que ela mostrasse nenhuma intenção disso. Ele gostou quando viu ligas nas meias dela, o que era muito sensual. Ela percebeu o seu olhar e riu de novo, mas não ajeitou a saia e ele ficou contente que ela agisse assim. Ela não era linda, mas se tornara uma mulher bem atraente. "Estranho que na faculdade a gente mal tenha se falado", ela disse. "Quem diria que a gente se encontraria assim", ele disse. "As coisas acontecem quando têm que acontecer", ela falou: "Desculpe o clichê."

De modo que foi natural que, quando ela guardou o carro na garagem do seu prédio, eles se dessem as mãos, se encaminhando para o elevador.

O apartamento era no sétimo andar e a primeira coisa que ela fez foi chutar os sapatos para longe, no tapete. E fez com que ele se sentasse no sofá.

"Quer que eu traga uísque para você?"

"Por favor", ele disse.

Ela sumiu por um tempo na cozinha e ele reparou que nas paredes da sala só havia a reprodução de um quadro, inusitado para uma parede, o *Nu descendo uma escada*, de Marcel Duchamp, como ele logo reconheceu. Ela trouxe uma garrafa de uísque, um balde com gelo e apenas um copo, deixando tudo sobre uma mesa baixa em frente ao sofá.

"Você não bebe nunca?"

"Nunca. Tomei uns dois ou três porres quando era novinha, passei muito mal e não quis mais. Também parei com a maconha, nem tenho em casa, você se importa?"

"Nem um pouco. Só fumo eventualmente, quando me oferecem."

Ele começava a servir-se da bebida e ela disse:

"Vou tirar as lentes, tudo bem?"

"Fique à vontade."

Quando ela voltou, usava óculos de lentes grandes, pretos, muito bonitos. Observou que ele bebia olhando para a reprodução e disse, com um sorriso maroto:

"É o meu autorretrato, o que você acha?"

"Acho perfeito", ele riu.

"Na parede, nenhuma abominação artística, como escreveu Baudelaire em seu O *quarto duplo*. Você conhece?"

"Sim, como não."

Como se estivesse feliz com o entendimento dos dois ela veio sentar-se ao lado dele, encostando-se em seu corpo. Ainda estava com o vestido da festa, e sua saia ergueu-se ainda mais do que no carro. Embora sendo um sujeito tímido, foi como um pedido para que ele a acariciasse.

"Não vou pôr música", ela falou. "Já bastou a da festa. Quer que eu sirva mais uísque para você?"

"Não, obrigado. Estou bem assim."

"Tira devagar as minhas meias", ela falou.

Ele sentiu um imenso prazer em tirar uma meia dela e depois a outra, puxando-as pelas ligas. Percebeu que a calcinha dela estava toda molhada e tirou-a também. Gostou de ver que ela não raspava os pelos.

"Vamos para o quarto", ela disse. "Lá é melhor." Ela ergueu-se e o foi puxando pelo braço. Fez com que se deitasse de costas na cama e foi tirando toda a roupa dele com decisão. Chupou por algum tempo o seu pau e depois afastou-se e, de pé, despiu-se. Seu corpinho, com seios pequenos, era bonito e todo ele proporcional. E ele tornou a contemplar sua boceta sem depilação, preservando o seu mistério. Depois ela sentou-se na cama ao lado dele, estendeu a mão para a mesa de cabeceira, tirou da gaveta uma camisinha, vestiu-a nele e, no momento mesmo em que ia sentar-se no seu pau, este amoleceu imediatamente.

"Ah, desculpe", ele disse. "Na minha primeira vez com uma mulher é sempre assim. Fico com medo de falhar e aí é que falho mesmo."

"Não se preocupe", ela disse. "Vou retirar a camisinha e pôr o seu pau mole na minha boca. Sem pressa, ele vai crescer, pode acreditar."

Ele gostou daquele descompromisso do seu pau mole na boca de Luísa. E, de fato, o seu pau foi ficando duro. Falando de um modo meio engrolado, por causa do pau na boca, ela disse: "É uma sensação interessante, sentir um pau crescendo na boca".

"Também acho", ele mal conseguiu dizer, pois, com toda a excitação daquela noite, percebeu que ia gozar. E, antes que isso acontecesse, afastou o rosto dela do seu pau e teve uma ejaculação forte em cima dos seios dela.

"Você não precisava, podia gozar na minha boca", ela disse, parecendo amuada (ou seria fingimento?).

"Eu não sabia", ele falou. "Desculpe."

"Por favor, sem desculpas." E ela levantou-se de um salto e encaminhou-se para o banheiro. Sua bunda era magnífica, mas ele foi acometido por sentimentos contraditórios. Por um lado, apesar de tantas boas sensações, a trepada havia sido um fracasso. Ouvia a água do chuveiro caindo lá no banheiro — Luísa com certeza queria lavar o corpo — e também ouviu, em alto e bom som, os gemidos dela se masturbando. Sentiu-se deprimido pelo seu fracasso. Mas também se sentia excitado com tudo aquilo e acariciava o seu pau.

Luísa saiu do banheiro enrolada numa toalha, passou pelo armário, pegou outra toalha e jogou-a para ele. "Para você, se quiser tomar um banho", ela disse, sem mostrar aborrecimento. E de fato ele queria lavar-se, pois aquela transa toda desajeitada lambuzara o seu corpo. Lavou-se meticulosamente, com uma esperança, talvez insensata, de que tudo ainda poderia dar certo.

Mas quando saiu do banheiro, teve a surpresa de ver que Luísa lia um livro, deitada na cama, vestida com uma combinação branca que deixava ver uma pequena parte de uma calcinha preta. Ela estava muito atraente vestida assim, porém ele teve certeza de que ela preferia ler porque ficara insatisfeita e entediada com a trepada e a presença dele. Sentiu então que devia ir embora. Com a cabeça baixa, sem tirar a toalha, vestiu sua cueca e sua calça. Mas, quando largou a toalha e ia vestir a camisa, ela falou, olhando para ele, como já devia estar havia algum tempo:

"Por favor, não vista a camisa. Você fica bem assim, só com a calça e o peito nu. Gosto de homens magros assim. Ah, me desculpe, agora sou eu quem diz. Quis dizer que gosto de você assim. Você é um homem meio feminino, o que me agrada."

Ele entendeu que Luísa não queria despachá-lo e gostou disso.

"Você não se importa que eu leia um pouco, importa?", ela disse.

"Não, claro, fique à vontade."

"Tem um lado gostoso nisso, que é ficarmos parecendo amigos íntimos, uma familiaridade, sem cobrar nada um do outro, você não acha?"

"Acho. Uma espécie de aconchego e proteção, paz, nem importa que de vez em quando se ouçam uns tiros nas redondezas", ele riu.

"Isso aí. Se quiser, sirva-se de um pouco de uísque."

Ele serviu-se, só um pouco, e ficou observando-a. Havia mesmo um aconchego nessa cena.

Da distância em que ele estava dela, dava para ver a capa do livro que ela lia, verticalmente, sobre o seu corpo. Havia uma ilustração em forma de grafite vermelho num muro cinzento, com o título da obra e o nome da autora: *O espírito do corpo*, Júlia Fernandes.

Ele não resistiu e perguntou:

"Está gostando do livro?"

"Bastante. Você já leu Júlia Fernandes?"

"Não, mas já ouvi falar. Parece que vende bastante livros, não? Pelo menos em termos de Brasil."

"Por isso é execrada pela intelectualidade e por leitores mais sofisticados. Mas eu gosto do seu jeito cru de escrever, meio classe *b*. Descansa-me do Centro de Artes e de tanta literatice publicada por aí. Quer que eu leia um trecho pra você?"

"Eu gostaria muito."

Não estava mentindo. Ela ler para ele em seu quarto lhe dava uma sensação de familiaridade e intimidade. Com o copo com uísque na mão, ele começou a ouvi-la e logo percebeu que ela tinha uma voz sóbria, agradável, que lhe permitia concentrar-se sem esforço.

Quando foram apresentados — ela leu — *eles não se beijaram no rosto, como seria natural entre cunhado e cunhada, embora Helena fosse apenas meia-irmã de Teresa, por parte de pai, criadas em casas diferentes, e só agora ele a conhecia. Ela lhe estendeu a mão, cerimoniosa mas delicadamente, o que lhe pareceu um gesto elegante. Mas abraçou demoradamente a irmã e até beijou-a na boca. Afinal, havia quatro anos que não se viam, por causa do doutorado de Helena em Paris. E o casal viera a São Paulo especialmente para vê-la, pois Helena, quatro anos mais velha que a irmã, queria conhecer o cunhado e estava ocupada demais com suas aulas para poder ir ao Rio. E fez questão de hospedá-los na casa velha que acabara de alugar.*

O casal chegara às onze horas da manhã e as irmãs não quiseram perder tempo para ir bater perna. "Helena quer comprar um maiô inteiriço, para frequentar uma piscina. Disse que agora que fizera trinta anos preferia não usar biquíni. Como se não fosse tão magrinha. Vou ver se aproveito e compro alguma coisa para mim.”

Henrique não achou nada mal ficar sozinho em casa, pois detestava fazer compras. E sentiu um certo prazer de estar naquele lar feminino, ainda bastante desorganizado, com livros por toda parte. Sentiu uma tentação de subir ao quarto de Helena, abrir seu armário e ver suas roupas, mas se sentiria um canalha se fizesse isso. Então pegou para ler, ali na sala mesmo, Breves entrevistas com homens hediondos, *de David Foster Wallace, mas não conseguia concentrar-se. Pois fantasiava estar com as duas irmãs dentro de uma cabine de trocar de roupas e excitou-se muito com isso. Desde o primeiro instante achara Helena uma mulher bonita e desejável e agora também sentia desejo por sua própria mulher.*

As duas voltaram animadas, às três horas, com várias sacolas. Haviam almoçado no shopping e traziam uma quentinha com um canelone para Henrique. Ele estava faminto e devorou rápido a sua comida, em frente a Teresa. Helena dera uma desculpa qualquer sobre ler uns trabalhos e sumira de cena. Mal ele terminou de comer, Teresa disse, excitada: “Comprei um maiô igual ao de Helena, você quer me ver com ele?”.

“Claro”, ele disse. E de fato aquilo lhe acendeu um leve desejo.

No quarto, Teresa rapidamente tirou o vestido pela cabeça, depois se livrou com dois golpes da calcinha e do sutiã. E começou a vestir o maiô pelas pernas. Henrique foi acometido de um tesão que havia muito não sentia pela mulher. Foi tirando vagarosamente o maiô de Teresa, reparando em cada detalhe do seu corpo, até que não aguentou mais e deixou-a completamente nua. Depois, atabalhoadamente, arrancou a própria roupa, empurrou Teresa quase com brutalidade para a cama, e comeu-a rapidamente, enfiando bem fundo o pau na sua boceta. Foi tudo muito rápido, mas ambos gozaram aos gritos e gemidos. Não se beijaram nem troca-

ram uma só palavra. Depois cada um caiu para o seu lado na cama e adormeceram rapidamente.

Quando se encontraram um pouco mais tarde com Helena na sala, ela nem por um segundo demonstrou que ouvira seus gritos no quarto ou mesmo que adivinhava o que acontecera lá. Era evidentemente uma mulher discreta. Conversaram sobre amenidades, a vida em cada uma das suas cidades e, quando Helena falou sobre Paris e o doutorado, o fez com uma sóbria modéstia.

De noite foram os três ao cinema, assistir na sessão das dez ao filme Melancolia, *de Lars Von Trier. Como se fosse o mais natural a fazer, Henrique sentou-se entre as duas mulheres e, como era habitual sempre que iam ao cinema, ele e Teresa seguraram as mãos um do outro, desta vez com um pouco mais de força, pelo que acontecera entre eles naquele dia.*

E, também como se fosse natural, o braço esquerdo de Henrique e o direito de Helena se tocaram na divisória entre as poltronas e assim ficaram durante toda a sessão. Não quiseram jantar, apenas tomaram chá com biscoitos já em casa. Henrique sentou-se numa poltrona de frente para o sofá em que se acomodaram Helena e Teresa, bem juntinhas uma da outra e de vez em quando trocando beijinhos e leves carícias. Era visível que estavam muito felizes com o reencontro e Henrique também ficou feliz de vê-las assim. Conversaram os três sobre o filme, e Helena comentou que era um achado muito bonito o do diretor dinamarquês tratar da morte da forma como o fizera, com a lenta aproximação da Terra de outro astro. Uma morte tão bela, Helena suspirou, assim como a explosão de sensualidade da protagonista recém-casada no final do filme, deixando o marido abandonado no quarto para transar com outro no jardim, ela ainda vestida de noiva, com o vestido cobrindo os seus corpos. "Ah, se a proximidade da morte fosse sempre assim", disse Henrique.

Já eram duas da manhã quando Helena disse que estava fa-

tigada e que ia se recolher. Dessa vez despediu-se de Henrique com beijos nas faces e, ao curvar-se sobre ele para beijá-lo no rosto, falou baixinho quase em seu ouvido: "Vou deixar a porta do meu quarto destrancada".

Helena não deixara dúvidas sobre as suas intenções, mas Henrique ficou matutando sobre como ir ter com a cunhada sem que Teresa percebesse. Estava muito excitado com a sugestão de Helena, mas acabou comendo Teresa, que se mostrava toda oferecida, com certeza por causa da foda tão boa que tiveram quando ela experimentara o maiô e talvez também por causa do clima de excitação que se instalara entre os três com aquele encontro. Mas as coisas nunca se repetem, e teria sido uma trepada aborrecidamente conjugal, não a houvesse Henrique comido vigorosamente pelas costas, embora na xoxota mesmo.

Depois foi ao banheiro e, ao voltar, teve a boa surpresa de ver que Teresa dormia. Felizmente ele não tinha o hábito de dormir nu, de modo que se Teresa acordasse não estranharia o fato de ele estar vestindo uma bermuda e uma camiseta. Mas estava muito preocupado, de todo modo, e vestiu-se o mais silenciosamente que pôde. Viu no celular que já eram duas e meia da manhã e disse para si mesmo: "É agora ou nunca".

O quarto de Helena era no andar de cima e também foi muito silenciosamente que ele subiu a escada, agarrando com força o corrimão. E, não fosse o seu coração batendo muito forte, teria sido como um autômato que ele se aproximou do quarto de Helena. Chegou a torcer para que a porta estivesse trancada, mas ao girar o trinco este cedeu facilmente. A luz estava apagada e, mesmo com uma luz acesa no banheiro, ele teve de acostumar os olhos para ver Helena deitada de costas na cama, vestida com uma camisola imaculadamente branca, que deixava suas coxas e sua xoxota de fora, como que por descuido. Ele chegou uma das mãos bem perto da boceta dela, mas hesitou em tocá-la assim dormindo. Foi quando ela abriu os olhos e disse, languidamente:

"Você demorou, pensei que não viesse mais."

"Fiquei preocupado que Teresa acordasse. Se ela souber que estou aqui pode fazer um escarcéu, indignada."

"Não tenha tanta certeza disso."

"Por que você diz isso?"

"Intuição, meu querido."

"De todo modo, não posso demorar. O que quer que eu faça com você?"

"Tire a roupa toda e deite-se de costas ao meu lado", ela disse prontamente.

Agradava a ele a segurança dela, tomando toda a iniciativa. Isso o acalmava um pouco e ele obedeceu. Ela então ergueu o corpo, virou-se com agilidade na cama e sentou-se sobre ele, sobre o pau dele. Estava duríssimo, mas ele não podia vê-lo nem à boceta dela, encobertos pela camisola macia, elegante, com toda a certeza parisiense. Era muito excitante foder assim, ocultos pela camisola, ainda mais porque ela disse, retendo o gozo: "Fico pensando na Justine de Melancolia, traindo o marido na noite de núpcias, fodendo no jardim com o amante ocasional, os dois encobertos pelo vestido de noiva de Justine. Cheguei a amá-la naquele momento. Fico fingindo que também estou vestida de noiva".

Era o que faltava para ele gozar. Depois livrou o seu corpo, porque voltou a temer que Teresa os descobrisse trepando. E disse: "Sabe que eu também poderia amar você?".

Nesse momento ela estremeceu o corpo todo num longo orgasmo. Mas logo depois ainda encontrou forças para dizer: "Não estraguemos as coisas. Quer que eu traga uma outra mulher para trepar com a gente?".

"Mas quem poderia ser? Teresa?"

"Por que não?", ela disse.

* * *

Luísa fechou abruptamente o livro, deixou-o de lado, e olhou para ele, ainda na poltrona, com o pau completamente duro por causa da leitura e também porque durante uma boa parte dela, que durara uns quarenta minutos, Luísa dobrara as pernas, deixando à mostra uma calcinha preta. E disse a ele: "E você?".

"Eu o quê?"

"Quer que eu traga uma mulher para foder com a gente?"

Ele não hesitou:

"Quero, quero muito. Mas quem poderia ser?"

Ela riu e disse: "Ah, a minha amiga. Se ela quiser, é claro. Mas acho que seria bom para os três".

Ficou claro para ele que ela podia gostar também de mulher, e que *a amiga* devia ser sua amante.

"Mas e agora", ela disse. "Quer que eu tire os óculos?"

"Como você quiser. Mas quero que saiba que não sou como o Henrique, gosto muito de você de óculos, ainda mais lendo, parecendo uma moça estudiosa", foi a vez de ele rir, novamente.

"Mas é que sem os óculos eu não enxergo absolutamente nada. Os óculos são bifocais, sem eles eu não vejo nem você, de perto ou de longe. Fico completamente cega. Não quer me comer assim, cega?"

Outra vez ele não hesitou:

"Quero muito."

"Dessa vez não precisa pôr camisinha. Eu também uso DIU e, de resto, confio em você. Que não tem nenhuma doença", ela disse, já deixando os óculos na mesa de cabeceira.

Desde a leitura ele estivera com o pau duríssimo e masturbara-se lentamente, sem disfarces, com o pau para fora do zíper da calça, inspirado pela história de Teresa, Helena e Francisco.

Mas excitou-se novamente com a proposta de Luísa. Livrou-se da calça e da cueca e veio sentar-se na cama, contemplando e acariciando todo o corpo de Luísa, que estendia as mãos para tocá-lo, sem ver coisa alguma, e ele se sentia não apenas excitado, como também emocionado. Desde o princípio gostara muito dos seios pequenos de Luísa, de sua calcinha preta, lisa, sem nenhum enfeite; sem nenhum daqueles adornos vulgares que certas mulheres acham que excitam muito os homens. Naquele momento, sem dúvida, Luísa era uma mulher *séria*.

Bem devagar, ele foi tirando aquela calcinha e foi como se visse pela primeira vez a boceta de Luísa. Era preciosa, levemente escondida pelos pelos que ela não raspava, o que a tornava muito mais misteriosa. E ele ficou muito mais à vontade para mexer nela, vendo sem ser visto, como se fosse um ato clandestino.

Depois começou a lamber aquela boceta, fazendo Luísa suspirar. Ela permanecia silenciosa, como se já houvesse dito tudo. E abriu as pernas e os braços, estes estendidos em forma de uma crucificação, um sacrifício litúrgico, e era impressionante como os dois sabiam disso sem se falar. E também entendiam (um sabia que o outro sabia) que uma cega devia ser comida assim, quase solenemente, sem qualquer malabarismo, apenas abrindo as pernas toda entregue, desprotegida, como se ele abusasse dela. E Luísa permanecia assim, séria, como em nenhum outro momento desde que se reencontraram. Parecia profundamente absorta no mais íntimo do seu corpo, que agora fora penetrado até o fundo. E ele descobriu que Luísa tinha uma daquelas bocetas sugadoras, que envolvem em contrações o pau de um homem, pelo menos quando trepava assim, em paz e gravemente concentrada, pouco importava que tiros continuassem a ecoar sobre a cidade.

Ele procurou demorar o maior tempo possível dentro daquela boceta, para que Luísa gozasse do seu jeito. E ele percebeu que ela estava gozando quando abandonou aquela posição de crucificada e arranhou com força as costas dele. Em nenhum momento se beijaram e, tão logo ela gozou, libertou-se do corpo dele e caiu para o lado como se talvez desfalecesse, e quem sabe não acontecera isso mesmo?

Olhando para ela adormecida, ele pensou que a estava amando, mas não deveria dizer isso. Entendia perfeitamente que na leitura daquele livro ela sinalizara um caminho e, se amor existisse, não devia ser mencionado para não ser corrompido.

Mas Luísa ainda guardava uma surpresa. De olhos fechados, como se dormisse, tornou a aproximar-se do corpo dele, dessa vez pelas costas, roçando a boceta na bunda dele e segurando o seu pau lá na frente. E em movimentos ritmados, e desta vez permitindo-se suspiros ofegantes, ela gozou na bunda dele, ao mesmo tempo que lhe batia uma punheta que o fez gozar outra vez, impressionando-o por conseguir gozar quatro vezes num tão curto espaço de tempo. Quanto a ela, ficava visível que chegara a um limite, pois voltou a afastar-se do corpo dele e murmurou: "Estou morta". E voltou a adormecer, desta vez profundamente.

Ele se lembrou do trecho do livro que ela lera para ele, que não deixava de ser uma espécie de parábola de que tudo devia ter o seu tempo. Então levantou-se o mais silenciosamente que pôde, passou no banheiro, mas apenas mijou e não quis lavar-se para não apagar os vestígios e os cheiros dela. Depois veio até a poltrona e começou a vestir-se para ir embora, pois não queria ser excessivo, para que ela, quem sabe, voltasse a desejá-lo. Olhou para ela dormindo e sentiu-se enternecido. Mas, como se captasse com um sexto sentido o olhar dele, ela abriu os olhos, colocou os óculos, virou-se na cama e disse:

"Vou te levar até a porta."

Com essa frase amável, mas incisiva, ficava evidente que ela queria dormir sozinha, quem sabe telefonar para a amiga? Mas ele não resistiu e perguntou:

"Não quer me dar os números de seus telefones?"

"É melhor você me dar os seus, pode escrever ali no livro, aí tenho certeza de que não os perderei. Há uma caneta Bic na mesa de cabeceira."

Estava claro que, se alguém deveria propor um encontro, teria de ser ela. E quem sabe não seria então o quase prometido encontro a três?

O livro estava aberto, virado com as páginas para a cama. Ao pegá-lo para anotar os seus números telefônicos, ele percebeu que as páginas abertas eram as duas últimas que ela lera para ele. Com a rapidez de todas as mentes, ele virou uma página mais, que, com toda a certeza, ela ainda leria para si mesma. E, não inocentemente, anotou ali os números de seu telefone fixo e celular. E alguma coisa lhe dizia que não devia escrever seu nome, deixando a cargo dela lembrar-se dele.

Ela então levantou-se e, sempre nua, deu a mão para ele e, em silêncio, o conduziu não apenas à porta do apartamento, mas até a do elevador.

Era visível que ela se lixava para o caso de algum vizinho a surpreender ali nua.

O elevador chegou, ela deu-lhe um abraço e um beijo rápido, um selinho, na boca. E foi ela mesma quem lhe abriu a porta do elevador.

Descendo no elevador, ele não tinha nenhuma certeza sobre até onde aquilo que acontecera naquela noite iria levá-los, se levasse. De todo modo, sentia-se feliz.

Saindo do edifício, ouviu alguns tiros não muito longe, mas ficou tranquilo. A rua estava deserta, mas a noite não era mais lúgubre.

Em preto e branco

Seria extremamente tedioso narrar até para si próprio, ou mesmo rever com o psiquiatra, o processo que durou quase três anos em que a mulher fora definhando com esclerose múltipla até morrer com os músculos do corpo paralisados, restando por último os do aparelho respiratório, quando ele decidiu com o médico pela morte assistida. Isso não queria dizer que ele não sentia sua falta, mas falta do quê, exatamente, principalmente em que tempo da vida? E com a ajuda do psiquiatra ele foi se torturando cada vez menos, até não sentir mais culpa, ajudado pelo fato de tanto ele quanto Marília já terem conversado algumas vezes sobre isso e concordado que uma morte boa era aquela com o menor sofrimento possível. E assim foi, quando ficou claro que morrer era o melhor para ela.

O que não quer dizer que ele não tenha chorado o suficiente e demorado algum tempo para parar de procurar no apartamento a presença dela. Não dormiam mais no mesmo quarto, antes até que a doença se manifestasse e ela precisasse de enfermagem. E mesmo antes, sem comentarem o assunto, já não trocavam de roupa um na frente do outro, em respeito aos próprios corpos, ambos já tendo passado dos setenta anos. E em quartos separados podiam gozar de uma privacidade em que ele se permitia ver vídeos pornográficos no computador até não suportá-los mais, pois a representação do sexo era lamentável. Então ele lia e ela trabalhava, sem maiores compromissos, em ilustrações para jornais e revistas, enquanto ainda podia contar com as mãos e a computação gráfica.

Mas passaram a viver numa boa esse tipo de separação, viam TV e iam ao cinema juntos, mantendo o hábito de ficar de mãos dadas no cinema, que vinha desde sempre. E tinham também a delicadeza de não ligar os celulares um na frente do outro mesmo que estivessem em silêncio, o que os diferenciava de outros casais.

De todos esses hábitos, um dos que lhes eram mais caros, e sempre sem premeditação, era chegarem à janela juntos, principalmente em dias de chuva ou quando o céu estivesse mais limpo e as estrelas mais visíveis, embora morassem apenas no sexto andar e tivessem somente uma nesga de céu visível entre os edifícios. Trovões e raios eram um acontecimento. Trabalhando temporariamente em fascículos de astronomia, ela aprendera alguma coisa sobre o universo e gostava de falar nisso, e ele ficava abismado com a quantidade infinita de astros, trilhões e trilhões. Daí podiam engrenar um papo, e ele gostava de escutá-la. Agora ele não tinha mais com quem conversar sobre isso, embora não houvesse deixado de chegar à janela e lembrar-se de Marília falando, meio em tom de troça, que, diante da grandeza do universo, não era nada impossível que outros planetas fossem habitados por algumas espécies de seres, ou que eles mesmos permanecessem em outra dimensão do espaço e do tempo. Que eles também fossem infinitos, senão eternos. E continuava a rir, porque ambos estavam felizes. O bom humor de Marília era tal que uma das últimas mensagens que lhe passou, catando milho no computador, antes de não poder falar mais, foi a seguinte: *Desculpe o mau jeito, mas quem sabe a gente se vê por aí (rs)*. Ele era agnóstico, mas andou pensando: não adianta pensar no depois, as coisas acontecerão exatamente como têm de acontecer.

O fato é que ele demorou a se acostumar com a ausência dela, ainda que num estado muito precário. Como companhia ele só tinha uma diarista, que ia para casa às seis da tarde e voltava de manhã. Numa ilusão de estar menos só, ele mantinha parte das luzes do apartamento acesas durante as noites, inclusive as do quarto de dormir. Depois, passados uns três anos da morte dela, uma noite ele decidiu deixar tudo apagado. De todo modo o psiquiatra lhe receitava comprimidos para dormir, e ele tinha três caixas de remédio tarja preta a seu lado na cama. E de fato ele dormia por umas três, quatro horas seguidas. Depois não havia jeito senão ficar acordado, a menos que tomasse mais e mais remédios, num círculo vicioso que acabaria por levá-lo a um internamento e, por que não, à morte. E ele guardava medicamentos suficientes para esta última eventualidade.

Mas aconteceu de ele acostumar-se com a escuridão, até curti-la, se deixando ficar na cama, pensando o que lhe viesse à cabeça. E sentir-se minúsculo e sozinho no universo com trilhões de astros era uma coisa que o exaltava, o tornava imenso em sua pequenez. Apesar de tanta luminosidade dos astros, ele às vezes pensava em si mesmo imerso num breu absoluto e era um pensamento emocionante para se ter. E criou para consumo próprio uma espécie de filosofia barata que era a de que um ser deve se cumprir até o fim, como Marília se cumprira, com uma ajudinha dele, que só chegaria às últimas consequências se algum sofrimento insuportável o levasse a isso. E o *a gente se vê por aí* adquiriu essa conotação de cumprir seu destino, como Marília, e, se alguma possibilidade de reencontrá-la houvesse, teria de ser por aí. Porém, como era natural, havia noites em que ele se mostrava mais inquieto, e para essas noites guardava um cigarro comprado a varejo. Marília não suportava o cheiro de cigarro, e então ele se acostumara a fumar à janela esse único cigarro, soprando a fumaça para o mais longe possível.

Foi numa dessas noites em que ele se mostrou muito inquieto, rolando de um lado para outro na cama, levantou-se, passou pelo banheiro e pela cozinha, tomou um gole de coca-cola bebendo da própria garrafa, pegou o cigarro sobre um livro da estante da sala e dirigiu-se à janela, sem acender nenhuma luz. E demorou um pouco a acender o cigarro, antegozando o prazer de fumá-lo. Não pensou em Marília porque ela jamais estaria com ele fumando. Depois decidiu-se, finalmente, e deu uma tragada bem funda com o mesmo prazer de sempre, até mais, que era o mesmo de respirar, deixando a fumaça o maior tempo possível nos pulmões. Foi nesse instante que ele avistou a mulher na janela do edifício em frente, bem próximo ao seu. Havia alguma luz no apartamento dela, não muita, vinda de outro cômodo, ou talvez de uma tela de televisão, e ele julgou ver que ela usava uma combinação preta, traje que achava muito sensual. E a mulher também fumava à janela e, com toda a certeza percebendo-o, começou a fazer, com a brasa do cigarro, riscos imaginários no ar, como um sinal para ele, que respondeu com o mesmo gesto. Até que ela atirou a guimba pela janela e ele acompanhou aquela luzinha caindo até a calçada. A mulher sumiu dentro do apartamento e ele, apesar de saber-se insensato, sentiu ciúme dela, que talvez houvesse sido chamada por alguém lá dentro. Ele esperou que ela voltasse, mas ela não voltou. Então foi a sua vez de atirar o toco do seu cigarro no espaço, embora fosse organizado a ponto de deixar um cinzeiro no parapeito da janela.

Desolado, ele não sabia mais o que fazer, pois não tinha o

menor desejo de voltar para a cama. As luzes estavam todas apagadas, mas era aquele momento crítico da noite ou do dia, perto de cinco horas da madrugada, quando não se sabe se ainda é noite ou se já desponta, quase imperceptível, o dia. Sentiu-o como um momento zero, sinistro, vazio, quando ele sentia a angústia do cantar do primeiro galo ou da primeira cigarra. Havia se sentado no sofá e, num gesto instintivo, apertou simultaneamente três teclas no controle da TV.

Era um filme americano em preto e branco, visivelmente da década de 50, cujo título ele não sabia e nem do que se tratava. Era noite no filme, e na tela apareceu uma aglomeração de pessoas saindo de um teatro ou cinema. Entre essas pessoas não havia nenhum ator ou atriz que ele reconhecesse, mas seus olhos foram imediatamente atraídos para uma mulher bem trajada, mas sem ostentação, com as mãos nos bolsos do vestido, olhando para os lados, como se procurasse alguém, ansiosa. Mas depois os olhos dela se fixaram nele ali no sofá. E ele teve certeza de que a mulher, solitária, o olhava nos olhos, e isso lhe pareceu uma loucura, como se fosse ele que ela buscava, parecendo, embora triste, apaixonada, ao que ele correspondeu imediatamente, fascinado. E entendeu que a amava.

Mas isso era uma loucura ainda maior, pois, pela faixa etária dos figurantes do filme nos anos 1950, agora eles já estariam todos mortos. Ficou querendo vê-la por mais tempo, mas houve um corte para outra cena e isso não aconteceu. E, sentindo-se como Cinderela, ouviu o primeiro cantar de um galo e o canto de cigarras. O dia clareava rapidamente e as imagens na tela da TV foram se tornando indistintas e ele percebeu que não podia mais ver o filme, que era um filme velho. Sentiu logo uma imensa nostalgia e que ele e a mulher haviam se encontrado em tempos distintos, mas ambos se amavam perdidamente, e que eles, ou pelo menos ele, estava condenado a buscar aquela mulher eternamente, por mais que esse encontro fosse impossível.

Ele estava desolado de um jeito como poucas vezes estivera antes, numa tristeza infinita, mas o dia o feria como se ele fosse um vampiro. Ergueu-se e caminhou para o quarto, pensando que não lhe restava outra saída senão matar-se, se quisesse encontrar aquela mulher em outro mundo, onde viveriam juntos para sempre. E que, morrendo, seria o único modo de encontrá-la, o único jeito de estarem no mesmo tempo. Levou uma jarra d'água para o quarto e chegou a pegar uma primeira caixa de comprimidos. Mas não tirou nenhum deles, pois teve medo de um desencontro com a mulher do filme. Não quis nem mesmo tomar uns poucos comprimidos para dormir, pois não queria perder a lembrança da mulher, ou que os medicamentos vedassem seus sonhos, que talvez fossem uma outra forma de encontrar-se com ela. Não queria nem assistir ao filme outra vez, pois quem garantiria que, com o prosseguimento da história, ela não fosse encontrar o personagem que a aguardava? *Não*, ele falou alto para si próprio: *Enquanto eu não alterar os destinos, ela será sempre minha.*

Eterno

Não bastasse ele fazer setenta e oito anos naquela data, o que antes lhe parecia uma idade impensável, o país, o seu país, se deteriorava cada vez mais, com um presidente estúpido, ignorante e fascista e com um povo beócio que o apoiava; a própria natureza fora exaurida até um ponto inacreditável, com as árvores derrubadas, florestas pegando fogo, matando os animais, os índios atacados, e os mares, as melhores praias, o oceano impregnado pelo óleo grosso e viscoso.

O que lhe restava senão olhar para o espaço, embora os trilhões de astros estivessem ocultos pela névoa? Mas bastava ele saber que existiam. E se consolava contemplando o planeta Vênus, fiel a ele todas as noites, e pensava: eis que existe sem mim, em algum ponto do espaço ele está lá.

Outra perspectiva que se abria era a arte, a imaginação, a memória. Ele se sentia também fascinado ao acompanhar os bichos pela televisão, mas tinha de reconhecer que era um devorar sem fim, impiedoso, muitos filhotes que não vingavam.

Nervosamente, começou a zapear na TV e passou por um

canal que acabara de mostrar um programa com Jim Morrison & The Doors e lamentou que já fossem os créditos, mas junto com os letreiros ainda havia a imagem de Jim Morrison cantando "Light my fire" e ele se arrepiou todo. Morrison, belo e imortal como um Deus e com seu olhar fixo adiante, contemplando o infinito dentro de si mesmo.

Morrison, que morrera, provavelmente drogado, numa banheira, aos vinte e sete anos, mas ele o invejou.

Ele, o artista-escritor, se atirou também no passado, indo para a praia com a jovem atriz dirigindo o carro, ele bebendo uísque e a moça com um baseado na mão, e trocavam, o copo para a moça, o baseado para ele. Eles haviam passado a noite assim, bebendo e fumando maconha e trepando, e agora na rua a realidade parecia irreal. Ou, ao contrário, muito real. A moça vestira apenas a camiseta e ele uma sunga, e pararam de qualquer modo na fila dupla, pularam para a areia, meio que tropeçando.

Foram andando em direção à água e, a meio caminho, ele a pôs deitada em seus braços, carregou-a e a depositou na água, era um tempo de liberdade, e ele a beijou e acariciou seus seios. Depois ele a trouxe de volta e no toca-fitas do carro Jim Morrisson continuava a cantar, agora *The end, this is the end*, mesmo quando ninguém o estivesse escutando, eterno.

Escrito num guardanapo

Nesse momento em que o álcool ainda não me encharcou.

O botequim só meio cheio. Já tem tempo que ela morreu, mas agora estou feliz. Penso que afinal eu a tive por alguns meses. Uma preta velha me dizendo que depois de desencarnar a gente podia encarnar até num animal, até num inseto. E acabaria por viver tudo de novo desta vida.

Ela morreu assassinada pelo cara que me sucedeu. Mas morta eu a amo ainda mais, pois não vai me trair mais no mundo. E a espero aqui neste botequim até que também eu morra. Mas por que não esperar algum tempo? Não valho nada, mas sou todo o universo.

Lá fora dois tiros, mas ninguém aqui se importa.

Cheiro de fritura e de mijo. O balconista boceja. É ele mesmo quem serve as mesas.

Peço mais um cálice e observo os ventiladores de teto em volta do velho lampião. Mariposas voam em torno dele até que entram ali por um vão. Logo, logo, vão morrer chamuscadas. Mariposas suicidas. Hipnotizadas pela luz. E se uma delas for a minha amada? Deveria eu imitá-las, para encontrá-la? Seduzido por esse pensamento.

O pensamento do nada também me seduz. Desencarnar de todo e para sempre. De todo modo haverá os momentos em que terei vivido com ela. Mesmo que agora suado e com as roupas sujas. Peço mais um. Os outros frequentadores não são melhores do que eu, cada um com a sua história encardida. Numa das mesas há uma mulher com três homens. De vez em quando soltam gargalhadas e adivinho que um deles soltou uma piada suja. Não gosto disso e peço para eles diminuírem o barulho. Na radiola fanha está tocando "Por una cabeza", de Gardel, e quero ouvir o tango que me emociona. Por uns instantes eles se calam e me lançam olhares hostis. E voltam a comer de boca aberta os seus pastéis gordurosos.

Vejo a lagartixa que desce vagarosamente das vigas e hipnotiza um papa-moscas. Ele não leva a menor chance. E se a lagartixa for ela, nua e sinuosa? Mas a coroa feia, com roupa de mocinha, de repente dá um grito, arrasta sua cadeira, se levanta, aponta para a lagartixa e grita: *Uma lagartixa*.

Um dos homens tira um dos sapatos, sobe numa cadeira e já vai esmagar a lagartixa. Com uma velocidade que eu não imaginava ter, pulo até a cadeira dele e o empurro com força. Ele se estatela no chão e geme, pode ter quebrado algum osso. Um dos amigos e a mulher vêm socorrê-lo, enquanto o terceiro homem se dirige a mim. Antes que ele me dê o primeiro murro, olho para a parede ao alto, e a lagartixa desapareceu. Depois apanho muito, inclusive da mulher e, se não fosse um guarda chegar, podia até ter morrido. O guarda ameaça prender todo mundo.

Vou até o banheiro, olho-me no espelho e estou muito inchado e horrível. Também estou enjoado, debruço-me no vaso e vomito muito. Depois ainda sinto dores, mas o enjoo passou. Na porta está escrito: dou o rabo e chupo o pau. E um número de telefone que deve ser de algum desafeto de quem o escreveu, penso. Lavo meu rosto na pia, olho-me de novo no espelho e, apesar do rosto inchado, sorrio. Volto para a minha mesa, o pessoal da outra mesa agora fala baixo e não olha para mim. Escrevo de novo no guardanapo, com letra miudinha: "Ela escapou, ela escapou".

Noites

A noite é um eclipse, um oásis. A noite pode ser um bálsamo ou um tormento. A noite pode ser cheia de medo ou até terror. A noite do hominídeo sozinho na caverna enquanto lá fora o vento uiva e há trovões e relâmpagos. A noite da moça nua dormindo sozinha no quarto escuro, recebendo no corpo reflexos multicores que vêm dos luminosos do dancing em frente. A noite desesperada e arfante dos dançarinos drogados ouvindo a música eletrônica que ecoa pelo bairro. A noite de outra mocinha dormindo abraçada com o homem que a conquistou com seu arrojo e paixão. A noite dessa mesma mocinha dormindo entregue, sem saber que um dia esse macho maldito a matará com facadas quando ela quiser deixá-lo. A noite mais sábia das lésbicas. A noite dos que gostam de dormir sozinhos numa escuridão igual a um breu. A noite do insone na escuridão lúgubre do país. Os ruídos não identificáveis na noite lá fora. Noites de sonhos recorrentes, às vezes cheios de medo, do qual se quer se livrar, mas o senhor dos sonhos não se deixa conduzir. E os sonhos que a gente sabe que são importantes, mas dos quais não se consegue lembrar. Ou de repente lembra. De todo modo deve-se dormir à noite com um bloquinho de notas ao lado, na cama, para anotar os sonhos, contos e poemas. As noites de Edgar Allan Poe escrevendo seus contos de amores necrófagos. Noites dostoievskianas. São os sonhos um indício da existência de Deus? Também a noite é uma criação de Deus? Os espíritos vagando na noite. A noite do morto enterrado há pouco no caixão: "Onde foram parar todos?". A noite do homem que se imagina no paraíso. O paraíso é uma praça arborizada no meio da qual passa um riacho murmurante entre pedras. Ali há também um belo casarão em cuja varanda repousa Deus, numa cadeira de vime. Deus, com um leve sorriso meio irônico, oferecendo-se à contemplação dos eleitos. E o diabo, pode aparecer à noite? Sim, como não, e a gente acorda trêmulo, aliviado por voltar à realidade e, por via das dúvidas, reza uma ave-maria pedindo proteção. Mas será que existe mesmo uma vida eterna? Existe mesmo Deus? Mas existir Deus não significa que a gente voltará a viver. Mas quem sabe? A noite do homem que tenta se concentrar para se comunicar com a mãe morta há muitos anos, nem que seja num sonho. A noite em que pode aparecer também a mulher amada que o homem conheceu num sonho e ficou perdidamente apaixonado e se mantém à espera de que ela venha visitá-lo de novo. A noite do senhor que dorme só em seu quarto miserável e sem janelas, mas ele sente, dentro de si mesmo, o universo infinito e pensa em como terá se criado essa vastidão incalculável. E sabe que existem nessa vastidão espaços escuros imensos. Existem também buracos negros que podem engolir galáxias inteiras — e daí pode se inferir que existe Deus? A noite no exoplaneta K2-18b, orbitando uma estrela anã vermelha, a 111 anos-luz da Terra e no qual podem existir, embora improvavelmente, formas mínimas de vida, os tardígrados. A noite em planetas a bilhões de anos-luz da Terra. E a noite dos suicidas? Escolher, puxa vida, não existir durante toda a eternidade? Mas se a morte for natural pode significar que não viver durante toda a eternidade é um pensamento extasiante. A última e definitiva noite. As noites dos noctâmbulos. A noite na jaula da fera. As noites com nossos monstros. As noites com nossos remorsos. As noites com nossas loucuras. As noites com nossos demônios. As noites com nossas preces. As noites de tédio. As noigandres. As noites com nossos amores perdidos. As noites cheirando lança-perfume. As noites dos fumadores de ópio. As noites de Baudelaire. As noites de breu total. As noites de delírios de febre. Nossa noite do suicídio. A noite da ressurreição. A noite nos bastidores vazios dos teatros com seus fantasmas. As noites com seus cenários. A noite eufórica. A noite da morte. A noite com medo. As noites de desesperança absoluta. A noite do crime de Ágatha. A noite de sono com um livro aberto no peito. A noite de chuva lá fora, ah, que bom! A noite dos enfermos querendo desencarnar. A noite de escombros psíquicos. A noite do inconsciente sempre vivo. A noite dos assassinos. A longa noite de tortura. A noite surrealista. As noites dos sonhos esquecidos para sempre. A noite negra com a mulher negra. A noite de lágrimas não confortadas. A noite da morte do pai. A noite da escrita febril. A noite da escrita abortada. A noite desesperada. A noite abençoada. As mil e uma noites.

Das memórias de uma trave de futebol em 1955

Para assistir a treinos só vêm mesmo os fanáticos, alguns sócios, a garotada matando aula, alguns desocupados daqui de Laranjeiras. Meu posto é privilegiado, não só pela posição que ocupo no gramado como pelo fato de estar defendendo a baliza defendida pelo Castilho, o maior goleiro do Brasil. Isso nem se discute. Mas o Fluminense está tão bem de goleiros que o titular e o reserva, Castilho e Veludo, foram convocados para a seleção na Copa de 54. Castilho treina entre os reservas para ser mais exigido pelo ataque titular. Nada menos que Telê, Didi, Valdo, Átis e Escurinho. Mas Didi é meia-armador e um exímio cobrador de faltas, que bate com sua famosa folha seca.

A folha seca é assim: a bola vem pelo alto, mas perto do gol, perto de mim, de repente perde a força e cai, tantas vezes na rede. Didi acaba de bater uma falta dessas, só que a bola bateu na trave, eu, bem no ângulo. Não sei se devo sentir orgulho ou decepção, acho que ambas as coisas. Pois a cobrança foi perfeita, uma obra-prima, que assisti do meu posto privilegiado, mas ao mesmo tempo me sinto defendendo o gol do Castilho, meu irmão quase, eu diria. Didi sorriu para dentro, com seu jeito discreto, pois foi bonito e engraçado. Pode isso? Pode.

Mas outras bolas entraram, a primeira delas do Telê, que recebeu um passe do Didi, na ponta direita, e emendou de primeira, com efeito, a meia altura, uma pintura de gol, até aplaudido pelos poucos assistentes. As palmas num estádio vazio ecoam diferentes, um pouco melancólicas, pois um gol desses devia ter sido feito no clássico de domingo, no Maracanã, contra o Flamengo.

Ou a melancolia estará em mim? Pois sei que é chegado o meu fim, até madeira empena sob o sol, de vez em quando é preciso trocar as traves. Já vieram aqui e me examinaram, umas três vezes, como se fossem médicos. "É, tem de trocar", um dos funcionários do clube disse. E debochou: "Pode até dar cupim". O Fluminense é conhecido por sua organização e vai trocar logo. Enquanto isso, cumpro a minha obrigação. Quando a bola bate em mim, depois de um bom chute, como a folha seca do Didi, sinto quase como mérito meu. Mas bolas entram e tudo bem, é também parte do meu jogo particular.

E é meio foda, do outro lado está o grande centroavante Waldo, artilheiro do time e do campeonato. Hoje já marcou dois, um deles um de seus famosos gols espíritas, marcado com as costas, depois de um centro perfeito do Telê. E olha que não foi falha do Castilho, nenhum goleiro poderia prever que, no meio da área, entre os zagueiros, o Waldo encontrasse um jeito de arrematar com as costas. O outro gol foi normal, ele fez uma tabelinha com o Átis, entrou na área e, frente a frente com o Castilho, tocou no canto e marcou.

O Átis é um grande cabeceador. Sobe mais do que todo mundo e testa a bola no ângulo e com força. Hoje deu duas cabeçadas assim, mas o Castilho buscou. Uma das coisas legais do Átis é que ele é um grande gozador, brinca com tudo e com todos. Mas às vezes isso enfurece a torcida, quando o time está perdendo ou empatando com um clube pequeno, aqui nas Laranjeiras mesmo. Uma vez saiu de campo até vaiado e riu assim mesmo. Dizem que não liga muito para o azar porque vem de uma família rica de São Paulo e não precisa do futebol profissional. Hoje ele riu também, e os poucos que estavam no estádio aplaudiram, tanto as suas cabeçadas com grande estilo quanto as defesas idem do Castilho. Também o Robson, do time reserva, baixinho mas grande jogador, tem um senso de humor impressionante, e um outro jogador nosso o chamou, numa entrevista, de piada ambulante. Mas joga sério e é um grande driblador, se não fosse o Didi no time seria o titular. Enquanto a característica do Didi é fazer a bola correr, a do Robson é sair catando os adversários. Muito estimado pela torcida.

Já o Duque, zagueiro central reserva, dotado de algumas qualidades, não gosta de perder nem em treino e às vezes entra no time titular substituindo o Pinheiro, também da seleção. Aqui mesmo, hoje, fez um gol contra na minha baliza, mas um gol contra normal, pois foi cortar um centro rasteiro e a bola deslocou, enganou o Castilho e entrou. O nosso goleiro teve de consolar o Duque, que estava quase chorando, isso num reles treino.

Castilho é um grande profissional, ama tanto a profissão que fez com que lhe amputassem um dedo da mão esquerda, que vivia inflamando. E ali no tricolor ele não podia dar sopa, com a sombra do Veludo. A amputação foi um ato heroico para a torcida tricolor, que idolatra o nosso goleiro.

Mas nem todos são craques consumados, há o Escurinho na ponta-esquerda, dotado de uma velocidade impressionante, foi comprado do Vila Nova, de Minas, por causa disso, mas muitas vezes centra alto demais e a bola não chega nem perto de mim e muito menos do Castilho. E às vezes é capaz de sair pela linha de fundo com bola e tudo. Mas, com sua velocidade, puxa contra-ataques de uma rapidez impressionante, que não raro terminam em gol nosso e às vezes dele mesmo. Titular indiscutível.

Voltando ao time reserva, que hoje defendo, há outros jogadores muito bons, pois o Fluminense atravessa uma boa fase. Tem gente que aposta nele para ser campeão, embora o Flamengo esteja buscando o tetra, com jogadores do quilate de um Rubens, um Evaristo, um Zagalo. Fico sabendo deles pelos comentários dos que passam aqui perto do gol, pois time grande só enfrenta o tricolor no Maracanã. Entre esses nossos reservas há jogadores tão bons quanto o Emílson Peçanha, apoiador, um negro bonito, do sul, cheio de categoria, que forma dupla com o Ramiro, santista, outro craque.

Zezé Moreira, o nosso técnico, é conhecido por sua obsessão defensiva. No seu entender é uma "marcação por zona". Mas no pensamento de muitos é ferrolho mesmo. E a torcida arranca os cabelos quando o Fluminense marca um gol num clássico e recua todo para se defender, quase matando os torcedores do coração. E o Zezé não está nada satisfeito com a gente hoje, pois já levamos quatro gols, o último do Didi que, como se quisesse ir à forra da falta que bateu em mim, quer dizer, na trave, chutou de efeito da entrada da área e encobriu o Castilho, marcando o quinto gol.

O Castilho foi então substituído, não porque tivesse tido culpa nesses gols, mas porque seu Zezé, por psicologia, pelo menos eu penso assim, queria poupar o goleiro da seleção de uma goleada homérica. Castilho deixou o campo e, para defender a baliza do outro lado, entrou o Jairo, terceiro goleiro, mas também muito bom. O Fluminense é uma fábrica de goleiros, se diz.

Quem veio defender a nossa trave foi o Veludo que, como já disse, é o segundo goleiro do Flu e da seleção. Tem gente que acha até que ele devia ser o titular. Mas eu tenho uma relação de afeto com o Castilho, que saiu do juvenil do Olaria e veio para cá novinho e foi logo ganhando a posição, para não sair mais, entrando no lugar do Adalberto, um guarda-metas apenas mediano. Veludo é negro e, não sei se por isso, o pessoal, a princípio, o encarou com desconfiança. Tem uns que dizem que goleiro negro não se cria. De fato, há poucos goleiros negros no futebol brasileiro, mas Veludo é uma bela exceção, tanto é que na última Copa, em 54, depois que o Castilho levou quatro gols dos húngaros, nenhum por culpa dele, apesar de o Castilho estar nervoso, muita gente disse que, se o Veludo tivesse sido o goleiro, ouvi, a história do jogo teria sido outra. Pode ser, mas todo mundo sabe, até eu, que os húngaros são a melhor seleção do mundo, atualmente. Tudo pode ser. Mas o certo é que, ultimamente, seu Zezé vem revezando os dois no time titular.

E seu Zezé então põe o Veludo para jogar a última meia hora do treino de uma hora. E o Veludo está jogando tão bem que parece justificar aquela opinião. Pegou um tirambaço do Telê, mais uma cabeçada no ângulo, do Átis, um arremate frente a frente do Valdo e uma porrada, apesar de meio torta, do Escurinho. Tudo de tirar o chapéu.

Até que aconteceu aquele golaço do Clóvis. O Clóvis é centromédio, mas chega muito bem na área adversária. E chegou na minha. Houve um centro do Telê, sempre ele, o magrinho, sobre a área. O Clóvis matou a bola no peito e em vez de pô-la no chão para arrematar, encobriu o Veludo com o peito mesmo, e, pegando a pelota ainda com o peito, quase na linha da meta, entrou com bola e tudo no gol, entrou em mim, e, confesso, fiquei feliz com aquele lance magistral.

O problema é que o treino logo terminou. É complicado isso, quando um espetáculo termina, mesmo um simples ensaio. Mas havia as estrelas principais, os coadjuvantes, figurantes, espectadores. Todos, no gramado e na assistência, vão conversando enquanto saem. Comentam entre si o que assistiram, alguns, os torcedores mais fanáticos, até empolgados. Mas aí, aos poucos, já começam a falar do espetáculo principal de domingo, o Fla-Flu. Como eu gostaria de estar lá para participar ou ver. Mas, pior do que isso, é que em breve meu tempo terá passado.

Ainda vejo um pôr do sol, meio cortado, porque a geral no piso superior, do outro lado do campo, só me dá a visão até um ponto. Mas o crepúsculo, embora essa palavra me cause arrepios, é sempre bonito. Bonito e triste. Para piorar, volto a lembrar daquele cara que veio me ver, ver as traves, em que deu dois chutinhos e depois disse aquele negócio de dar cupim. Mas isso acontece com todos os seres, animados ou inanimados, me deu vontade de responder, se conseguisse. E a noite logo vai cair. A noite também é bonita, mas seria muito mais se fosse dia de jogo, o estádio iluminado. Mas não. Para mim, em breve, será só escuridão.

A dama de branco

Temos a sorte de os apartamentos em nosso edifício serem providos de sacadas. Embora pequenas, as sacadas são uma abertura para o universo. Agora, com a diminuição do monóxido de carbono na atmosfera, com muito menos carros circulando no Rio, várias estrelas se tornaram visíveis. Estou pensando em comprar um telescópio pela internet. Enquanto isso, contemplo o céu a olho nu mesmo. Me embriaga não passar de um ser ínfimo no cosmos.

Mas o que me leva a vir para a sacada de madrugada, mais do que as estrelas, é contemplar a dama de branco, que circula pelo estacionamento a céu aberto do edifício, sempre às três da manhã. Todos estão dormindo e fico contente com isso, pois, com ninguém mais a contemplá-la, é como se a dama de branco me pertencesse exclusivamente.

Entendi por que ela sempre vem a essa hora. É porque não há ninguém a importuná-la, a reclamar que ela não está usando máscara, como se tornou obrigatório fora de casa. Imagino ver as suas feições, reparar como é bonita. Uma beleza singular, que não consigo descrever. É compreensível que ela queira caminhar a céu aberto e ao mesmo tempo protegida pelos porteiros, que permanecem em seus abrigos nos portões do condomínio. As ruas de noite são sempre perigosas e confrangeria meu coração se algum mal acontecesse com a dama de branco.

Com minha imaginação solta, penso na dama de branco como uma sílfide, que parece levitar acima do solo com o seu vestido comprido, esvoaçante. Penso nela como uma mulher pura, inclusive porque nestes tempos de isolamento até os namorados não dormem mais juntos nem se encontram. Não consigo imaginá-la na cama com homens, esses seres brutos. Com outra mulher, talvez, mas agora deve dormir sozinha, quero crer.

Para mim ela está em outra dimensão. Não tenho propriamente uma religião, mas como guardo dois bons livros de astronomia, que volta e meia releio, penso na grandeza para mim incalculável do universo. Trilhões de astros, bilhões de anos-luz. Mas penso que, se houver um Deus, Ele não é bom, como dizem, mas indiferente à sorte humana, isso se houver um pensamento de Deus.

No entanto, como imaginá-Lo? Não deixo de usar para Ele as maiúsculas de praxe. Cheguei a refletir, sem nenhuma certeza, só dúvidas, se por acaso Ele ainda não estará sendo criado, muito aos poucos, pela mente humana?

Mas o nada também não me angustia. Penso nele como uma espécie de barato como o produzido pelo ópio, que experimentei duas vezes na Meca que é Nova York, onde, com as informações certas, se pode experimentar um pouco de tudo. Mas para conseguir o ópio tinha de digitar uma senha no celular, ora vejam só. Nem sei o que aconteceria comigo se continuasse naquela cidade. Experimentava a droga com uma mulher que eu não amava nem desejava, como ela também não a mim, mas, depois que eu lhe pagava, gostava de se deitar comigo, drogada, ambos silenciosos.

Não consigo deixar de pensar na dama de branco deitada comigo, quem sabe nua, com seu corpo esguio, mas isso me parece um sacrilégio. A dama vem à minha mente como uma pessoa solitária como eu, não imaginando que a possam observar em sua caminhada, nessa hora tão deserta. Nem transaríamos, pois já estou com setenta e nove anos.

Crio para a dama de branco uma história. Ela me conta sobre sua infância. De como gostava de passear em sua rua de Botafogo de mãos dadas com uma amiga muito especial. De como ela amava essa amiga que morreu muito jovem, de uma doença misteriosa. Mas antes teve tempo de falar que a esperaria. Não foi egoísta a ponto de pedir que a dama de branco também a esperasse ou partisse logo para se juntar a ela. Então a dama de branco teria experimentado várias relações, sempre com um sentido de incompletude, até que chegou este tempo da peste e ela está em isolamento, como eu. Às vezes, penso que a dama de branco é a própria morte. Sei que isso é um modo de prendê-la e logo me penitencio e sei que em outro momento pensarei outra coisa. A morte não passa de uma obsessão minha.

Pelo menos é isso que imagino neste momento. Noutra hora posso pensar que ela fora casada com um pianista, um jovem amável e sensível. Depois apago, por ciúmes, esse pianista. Então é ela a pianista e eu a escuto embevecido. Não, sou eu o pianista e toco para ela. Tento compor no pensamento uma melodia, mas logo me vêm à cabeça as *Gnossiennes*, de Satie, que eu escutava compulsivamente na sala antes de vir para a varanda para acompanhar a dama de branco indo e voltando na área do estacionamento, com a leveza de uma bailarina. Será ela uma bailarina? Satie anotou que as *Gnossiennes* deviam ser tocadas com convicção e uma tristeza rigorosa. Eu tenho essa tristeza rigorosa, que me faz feliz. Os títulos de Satie são tão interessantes quanto suas obras: *Três peças em forma de pera, Prelúdios flácidos, Desespero agradável.*

Satie compondo em seu confinamento, só saindo, sempre de terno negro, para encontrar seus amigos dadaístas. Como eu gostaria de estar entre eles. Não, quero viver este momento mesmo. Quero ser eu próprio. Mas quem sabe a dama de branco tocando as *Gnossiennes* para mim a seus pés? Satie e eu amamos essa tristeza lírica. E a dama de branco, será? Não, penso mesmo que ela é etérea, a caminhar quase sem tocar o solo. Será que não pressente o meu olhar? Poderá ela me amar como eu a amo?

Satie fundou uma religião denominada "Igreja Metropolitana da Arte de Jesus Condutor" e excomungava quem não aderisse a ela. Eu adiro a ela e quem sabe poderia me casar com a dama de branco segundo os seus rituais, ao som da *Gnossienne* nº 1. Eu teria prazer em cozinhar para ela, ser seu escravo. Não, não, porque aí haveria os perigos inerentes ao hábito. Prefiro vê-la como que levitando lá embaixo.

Ah, mas como eu gostaria de deitar com a dama de branco numa cama, consumindo ópio. Como não tenho ópio, vai este baseado mesmo. Seria como se nos beijássemos, misturando nossas salivas em sua seda.

PARTE II

Carta marcada

Sim, é verdade que o Precioso Guru bebia até um estado de completa intoxicação, encorajando seus discípulos a imitá-lo. Mas a bebida é a ambrosia dos deuses, o elixir da vida, o néctar da imortalidade. Aqueles que nela mergulham até o fundo tornam-se totalmente inconscientes do mundo das aparências.

Quando o Grande Guru foi acusado de irregularidades conjugais, ele perdoou seu crítico e disse para si mesmo: Sendo este homem desconhecedor da verdadeira significação da Mahayana e das práticas iogues relacionadas aos três principais nervos psíquicos, eu devo perdoá-lo.

Introdução de W. Y. Evans-Wentz
ao *Livro tibetano da grande liberação*

Senhor Coordenador Regional, queridos companheiros.

Quase desnecessário explicar que o estado terminal em que me encontro impossibilita que eu deixe o lugar onde estou confinado para transmitir este depoimento pessoalmente, como é da praxe dos AA. Mas não deixam de ser felizes, sob certos aspectos, as circunstâncias que me obrigam a escrever em vez de falar, coisa para a qual não me sinto em condições nem dotado, a menos que ainda me fosse permitido o uso, embora moderado, de certos estímulos que seriam de todo impróprios em face da audiência a que me dirijo. E também porque preciso de todo o meu restante tempo de vida consciente para prestá-lo, a fim de não deixar lacunas importantes em minha trajetória que, espero, seja de utilidade e do interesse de todos. E, se o senhor coordenador tiver a bondade de concordar, farei com que chegue às suas mãos, encadernadas, várias cópias das páginas que tenho preenchido, para que V. Sa. as distribua aos meus confrades.

E creio que todos concordarão que certas palavras, para que se articulem e ecoem em todas as suas conotações, pedem uma dicção, digamos, profissional. Pois há peculiaridades em determinadas trajetórias humanas, na formação e encadeamento de certas personalidades, que não permitem a sua apresentação simplesmente factual, sob pena de reduzi-las a causas e efeitos elementares, como culpa e arrependimento, pecado e castigo.

Pois, se é certo que foi a utilização dessa substância, que é a razão mesma de existir dessa entidade, que me levou, junto com o vício de fumar, ao estado terminal em que me encontro — tirante o fato de que nele acabaria por chegar de um modo ou de outro —, também é certo que, sem uma longa convivência com tal substância, nenhum de nós jamais poderia apreciar devidamente o estágio superior da abstinência.

Mas, de resto, tomando como fio condutor pontos que falam de perto a essa entidade e outros que julgo a ela indiretamente afetos — embora sempre ao meu modo de selecionar prioridades, sínteses ou desdobramentos —, deponho na mesma condição humilde e anônima dos demais companheiros e conto a minha história.

Pulando os primeiros episódios, quando eu e meus amigos de adolescência bebíamos e fumávamos apenas como uma iniciação à masculinidade, que julgávamos dever passar necessariamente por um mergulho na abjeção — sexo comprado, álcool, palavrões —, esta história, que é a história de uma sede, inclusive de conhecimento, começa de fato um pouco mais tarde, de qualquer modo a uma mesa, quando os amigos já eram outros e nossa sede abrangia um espectro mais vasto e ambicioso, que incluía o saber. Quanto aos estabelecimentos que frequentávamos, estão reunidos em mim, talvez por deformação profissional da carreira que segui, embora sem muito sucesso, num cenário, uma estilização, com os seus elementos absolutamente essenciais, como o balcão, algumas mesas e cadeiras, naturalmente copos e garrafas, pastéis gordurosos, cheiro de frituras e mijo, o cubículo que serve de banheiro tanto para homens quanto para as poucas mulheres que ali se aventuram, moscas, na cenografia ou subjetivas, quando ainda é dia, uma iluminação às vezes baça, à noite, ao redor da qual voam cegas as mariposas, e que subitamente adquire uma luminosidade radiosa e irreal a incidir diretamente sobre nós, quando o poderoso filtro de certas poções já decanta a realidade. Neste caso, a música é de Parker, João Gilberto, Coltrane, Monk, Davis, na madrugada boleros em voga à época, mais ao gosto dos outros frequentadores, da gerência e do serviço do estabelecimento. Em algum lugar fora do palco, pois escrevo como se tudo se passasse no teatro, para onde saem e de onde voltam intermitentemente os personagens-atores, localiza-se a universidade, o seu curso noturno de Direito, que desprezávamos com ardor — pois líamos de preferência justamente os autores que nele não eram indicados —, mas que nos servia como ponto de encontro e referência.

Talvez os nomes desses autores, aos quais se juntavam muitos outros, também do cinema, da pintura, do teatro, não repercutam fundo em muitos de vós, companheiros, mas suponho que a sua exótica sonoridade poderá vos dar uma ideia de seu prestígio e, quem sabe, abrir em vós, como abriu em nós, a princípio, aquele vácuo de conhecimento que nos induz a preenchê-lo.

Assim é que à nossa mesa soavam com familiaridade nomes como Dostoiévski, Kafka, Nietzsche, Kierkegaard, Joyce, Maiakóvski, Mallarmé, Beckett, Freud, Marx e Sartre, mais amiúde o último que o penúltimo, por julgarmos que o seu pensamento conciliava a farra, o sexo livre, com a revolução, assim como em Faulkner não conseguíamos dissociar a embriaguez costumeira do estilo que tanto admirávamos.

Enquanto as obras que nos admitissem nesse círculo seleto ainda estavam inteiras por vir, podíamos desprezar ou condescender com outros autores menores, em sua maioria compatriotas nossos, com a empáfia de quem nada até então intentara que fixasse um limite às suas pretensões.

A paisagem desses nossos sonhos e fantasias era em geral constituída de grandes bulevares ou bairros boêmios com suas livrarias intimistas, teatros-palco para os grandes dramas da humanidade, museus e catedrais documentando toda a História, percorridos por homens e mulheres, belos em seus sobretudos, que passeavam sobre folhas amarelas de outono a sua espiritualidade, que depois iam fazer germinar nos cafés, em cálices cujo conteúdo e o rito para esvaziá-los eram em si mesmos obras do grande espírito.

O seu sofrimento interior, como o nosso, era docemente suportado, desde que se travestisse com o manto da poesia, dos amores absolutos e terminais, do desespero metafísico, ou mesmo da tragédia, se o seu desenlace se desse saltando de uma ponte de ornamentos sobre um rio nublado.

Era natural, então, que o conflito entre essa ambientação e a outra, que subitamente fazia valer suas prerrogativas à luz da manhã, desnudando uma prosaica capital de província, com suas ruas sujas e seus habitantes feiosos e ensimesmados, causasse em nós graves distúrbios, que tanto se podiam tentar aplacar com o próprio elixir que confundia essas diferenças, num círculo vicioso, como provocar periodicamente em nosso grupo colapsos nervosos e defecções, às vezes até tragicamente.

Para alguns, um primeiro e singelo volume de contos ou de poesias da sua lavra era o suficiente para exibir o fosso intransponível entre a sua palavra pessoal e aquela outra, maior, que surge como um foco de luz autônomo no interior do próprio fosso, clareando não só a sua escuridão recôndita como irradiando essa luz por sobre as suas bordas. E logo houve quem, dentre nós, saísse pela porta da frente do estabelecimento infecto para, terminados os estudos, exercer carreiras respeitáveis, pelo menos em tese, como a advocacia, a magistratura, a administração pública e o jornalismo. E aí estão vários deles, com a sua satisfação barriguda, sua prole e seus retratos nas paredes, como a exibir uma prova do acerto de sua decisão de trocar o imaginário pelo real. Não que tenham deixado para todo o sempre, como pretendem os membros dessa associação, o copo, mas, quando se debruçam sobre ele, o fazem como uma traquinagem de diletante, que lhes proporciona um sorriso de indulgência a se derramar sobre as ilusões do passado.

Alguns poucos outros, porém, não podendo suportar a injustiça e mesquinhez brutais do mundo que nos circundava — e talvez porque não conseguissem transformar a si mesmos —, partiram decididamente do mesmo estabelecimento para a luta de transformar politicamente a realidade, para a revolução, aquela que acolhe igualmente ressentidos e generosos, esquecendo-se talvez de que, dentro dos nossos princípios, essa revolução deveria se conciliar com a farra, o sexo livre e, não menos, a poesia. De qualquer modo, a esses todos, pela coragem física e moral de sua decisão, de consequências quase sempre funestas, dedico o respeito do meu silêncio, pois não se trata aqui, no âmbito desta entidade, da História maior, e sim de uma outra, marginal e paralela, embora às vezes não menos trágica.

Pois houve também quem, a macular a integridade e beleza do seu sonho, às vezes antes de pô-lo verdadeiramente à prova, preferiu retirar-se melodramaticamente pela porta dos fundos, como se fosse ao banheiro, e sumisse junto com os seus dejetos no vaso sanitário, para aquele estado que, muito mais do que a embriaguez, apaga todas as aparências e diferenças e se encontra a uma gota da peçonha, de uma inspiração de gás, um pulo no espaço, um apertar de gatilho, de distância. Mas agora que me aproximo por outras vias do mesmo destino, pergunto-me se não lhes faltou coragem ao saírem antes de transcorrido o baile.

E eis que outros procuraram manter íntegro o sonho, permanecendo sentados, até hoje, figuradamente, àquela mesma mesa, diante dos mesmos copos, garçom, música e mariposa, e ali se pode vê-los, como se indestrutíveis e eternos em sua cantilena — talvez já um tanto gasta e repetitiva — onde se entrecruzam, na grande bacia da embriaguez, todas as conjunções poéticas e fios narrativos. E, se existisse algum mecanismo capaz de reproduzir na íntegra o fluxo dos seus delírios, às vezes até silenciosos, teríamos aí, sim, a nossa grande obra coletiva, aquela que nos redimiria a todos os que somos membros desta confraria.

Não existindo tal mecanismo, houve quem, dentre nós, procurasse ser fiel ao sonho, transformando-o em matéria e realidade, ainda que à custa de perdas, concessões, fracassos, e aí falo então de mim mesmo, por escrito, que é como sei contar a minha história.

* * *

Durante um bom tempo, no início da minha juventude, acreditei que seria salvo pelo amor e pela arte e pensava que as duas coisas deveriam vir juntas. Porém acreditava piamente que, escrevendo de acordo com as minhas pretensões grandiosas, o grande amor acabaria por cair em meus braços, admirativo. E foi com essa duplicidade, eu acreditava, que entrou em minha vida Simone. Eu ainda estava longe de beber a quantidade de que fui capaz mais tarde, mas era uma euforia alcoólica que me criava a ilusão de estar gestando um grande romance, que eu ia narrando para Simone. Eu já desconfiava que contar um livro era uma forma de não escrevê-lo, mas era a mesma citada euforia que me levava a verbalizá-lo para Simone, que naquela época era uma ouvinte atenta e generosa. Enquanto não o rascunhava de verdade, resolvi estudar Direito, pois, apesar de todos os meus sonhos românticos, não era insensível aos apelos da realidade.

Passei no vestibular da melhor faculdade de Direito da cidade e fui efusivamente cumprimentado por meus pais e por aqueles que deveriam tornar-se meus futuros sogros. Não que eu sentisse em mim qualquer vocação para os conhecimentos jurídicos, mas porque o vestibular de Direito me parecia ser o mais fácil de todos e, naquela época, muitos jovens que sentiam em si um gosto literário acabavam por se formar nesse campo do saber e não em Letras. E para a grande maioria era necessário ter uma profissão. No meu caso, particularmente, eu já namorava Simone, uma moça bonita e séria, como se dizia à época e, para nós dois, se quiséssemos usufruir de uma intimidade maior, não havia outro caminho senão o casamento.

Como era comum em Belo Horizonte nessa época, namorávamos na varanda da casa dela, com a janela da sala aberta, de modo que podíamos ser vistos pela família lá dentro. E o máximo que nos permitíamos eram beijos e abraços um pouco distantes. Até que um dia, não havendo movimento na sala, enfiei a mão dentro de sua blusa e do sutiã e afaguei os seus seios (durinhos). Meu coração, e tenho certeza de que o dela também, batia aceleradamente, mas, ouvindo o movimento na sala, tive de retirar a minha mão. Embora ela houvesse suspirado durante aquele afago, logo caíam lágrimas em seu rosto, que beijei ternamente, perguntando-lhe o que havia.

"Júlio, você nunca vai me largar, vai?", ela disse ainda meio chorosa.

"É claro que não", eu falei.

"Promete?"

Eu disse que sim. Pois naquele momento eu prometeria qualquer coisa. Não que estivesse nos meus planos, até então, casar-me logo. Mas, sendo um pouco calculista naquele tempo, concluía rapidamente que não encontraria outra jovem mais bonita e — era importante — séria. E as carícias que, aos poucos, foram aumentando de intensidade, levavam-me a desejar tê-la só para mim em minha cama, e era por demais excitante essa perspectiva. Para que isso pudesse se dar, era implícito que a total intimidade só seria aceitável para ela após noivado e casamento.

E eu, que tanto prezava a liberdade, só me relacionando sexualmente com prostitutas e tendo um pai que me sustentava e sustentaria até eu me formar, entreguei essa liberdade na bandeja. Não que isso não doesse, mas, tão logo pusemos alianças de noivado na mão direita, as nossas carícias foram aumentando de intensidade, embora tivéssemos de disfarçar, fingindo que apenas nos dávamos as mãos ali na varanda ou no cinema, e aos poucos essas mãos atingiam o cerne em cada um, via de regra por cima da roupa, até que Simone passou a usar mais vestidos do que calças jeans, de modo que eu acariciava as suas coxas e houve uma noite em que fiz subir minha mão até a calcinha dela e enfiei ali uma das mãos e senti sua boceta inundada. Foi uma grande emoção, só superada quando tirei o meu pau para fora da calça e, puxando a cabeça de Simone, fiz com que ela o beijasse e depois chupasse, desajeitada. Não sei até que ponto isso chegaria, não houvesse sua mãe nos flagrado naquele momento.

Simone correu incontinenti para o seu quarto e minha futura sogra acabou por sentar-se ao meu lado e tive de pedir desculpas a ela e justificar-me, dizendo que pretendíamos nos casar tão logo eu me formasse. Isso não a satisfez e ela perguntou-me quando se daria isso. Como ainda faltavam dois anos para a conclusão do curso, fui obrigado a dizer que poderia ser até antes desse prazo, desde que eu arrumasse um emprego.

"Quando?", ela insistiu.

"Este ano ainda. Fui convidado a trabalhar num escritório de advocacia", inventei aquilo na hora.

Isso pareceu satisfazê-la, mas meu pau continuava duro e só então me dei conta de por quê, pois antes estivera muito preocupado com a reprimenda de minha futura sogra. É que, enquanto ela me acuava como uma policial, estivera o tempo todo virada para mim e seus joelhos se colocavam a uma distância tão ínfima dos meus que quase chegavam a tocar-me, de maneira que tive uma sensação de que ela me apertava literalmente, de um modo que me fez sentir torturado fisicamente... mas com um início suspeito de desejo. Seria eu um masoquista? Não posso ter certeza disso, mas é indiscutível que, desde o meu despertar físico na adolescência, o sexo para mim sempre tinha de ter uma conotação de pecado. E querem uma transgressão maior do que uma quase intimidade com uma quarentona que poderia vir a ser minha sogra, vestida com um certo aprumo severo, mas ao qual não faltava uma elegância caseira noturna, com um traje que deixava visível a fronteira entre os joelhos e as coxas?

Logo nos afastamos e, naquela noite, não demorei a ir para

casa, um pouco preocupado, assustado. Nem por isso deixei de estar excitado ao deitar-me em minha cama, achava que sem dúvida pelo avanço corporal que tivera com Simone — pagando um alto preço, certo? Nada menos que a minha liberdade.

E, como era natural, masturbei-me, sim, aquela noite, pensando nos meus avanços com Simone, é claro, é lógico. Mas, com a rapidez de que é capaz o pensamento, teimava em imiscuir-se em minhas fantasias a imagem de dona Esmeralda, a mãe de Simone, um pouco fugidia, mas sem dúvida também partilhando, seminua, do meu leito.

Depois daquele incidente, passamos a namorar no sofá da sala, eu e Simone, e obviamente tínhamos de nos comportar, porque a família dela estava sempre por perto. É curioso, porém, que, ao cumprimentar-nos, eu e dona Esmeralda sorríssemos um para o outro, e eu sentia no sorriso dela uma cumplicidade pela proximidade e quase toque dos nossos joelhos e também pelas minhas fantasias daquela noite, como se dona Esmeralda houvesse pensado e sentido as mesmas coisas.

Mas não estávamos confinados àquela casa, eu e Simone. Podíamos dar voltas de mãos dadas pelas redondezas, nos abraçarmos contra algum muro, olhando para os lados e, uma vez ou outra, jantar fora.

Ao cinema ou ao teatro íamos raramente, mas acompanhados pela irmã dela pré-adolescente. Pode parecer absurdo nos tempos que correm, mas naquele tempo, em Belo Horizonte, era muito comum que os pais de uma jovem, para deixá-la sair com um rapaz, exigissem que os dois fossem acompanhados por alguém da família. A nós coube aquela irmã temporã de Simone, que alguns meses antes completara doze anos. Durante as sessões, ela dividia sua atenção entre nós e o filme, não propriamente para nos vigiar e sim por mera curiosidade, pois parecia não conhecer muito sobre as relações entre uma moça e um rapaz, e aquilo me inibia, embora assistisse aos filmes com uma das mãos pousada no colo de Simone.

Alessandra, era esse o nome da garota, era de uma inocência comovente e mimada por toda a família. Assim, era comum que se deitasse na cama da irmã, e isso tinha um lado bom, que era permitir-me entrar também no quarto, o resto da família tranquilizado por eu e Simone estarmos acompanhados. Mas o fato era que eu ficava imensamente perturbado por ter aquela mocinha ali do nosso lado, às vezes dando uma das mãos a Simone, o que eu fazia do outro lado, e às vezes Alessandra até a abraçava, o que eu também fazia. Formávamos então uma trinca, eu sempre vigiando a porta, que permanecia aberta para o corredor.

Quase desnecessário dizer que eu ficava excitadíssimo e o meu coração acelerava, principalmente quando via Alessandra tirando a roupa, inocentemente, e ficando só de calcinha — ainda não usava sutiã — para ir tomar banho ali mesmo no banheiro privativo de Simone. Não se preocupava nem em fechar a porta, o que Simone, menos inocente, acabava por fazer. Até aproveitávamos nossa solidão temporária para bolinarmos um ao outro. Meu pau continuava duríssimo, Simone o apalpava por cima da minha calça, nem sonhando — ou será que sim? — que o meu tesão tinha a ver também com a irmã, que para ela era uma criança. O fato de os seus seios serem apenas uma latência me excitava ainda mais, estranha coisa o sexo. Mas nada se comparou à minha emoção, uma tarde, ao ver Alessandra sair do banheiro enrolada numa toalha, ir até o guarda-roupa de Simone, pegar um vestido ao acaso e, para vesti-lo, arrancar a toalha de seu corpo e se mostrar para nós, frontal e resplandecentemente nua. Tanto eu como Simone ficamos um pouco perplexos, mas fascinados por aquela visão. Impressionou-me vivamente que os seios de Alessandra houvessem começado a crescer um mínimo, como se brotassem naquela hora, desde a última vez que os vira, ou melhor, imaginara vê-los. E que em seu púbis houvessem crescido uns poucos pelos, nem de longe suficientes para vedar seu sexo.

Honrando a minha promessa à futura sogra, eu estagiava num escritório de advocacia e estudava à noite. Comecei a matar aulas para chegar mais cedo na casa de Simone, pois nossa intimidade ia crescendo progressivamente e muitas vezes eu notava meu pau intumescido na condução e no escritório. Num canto de minha consciência, eu já não duvidava que o meu tesão não era apenas por Simone. Pois, nas vezes em que não encontrava Alessandra lá, sentia uma decepção que logo abafava, usando um método infalível que era o de conquistar mais alguns centímetros do corpo de Simone, o que nos enchia de um desejo exasperante.

Mas havia sempre alguma possibilidade de Alessandra estar em casa e, com um pouco de sorte, no quarto de Simone, o que acontecia algumas vezes. Quando ela não se encontrava eu ficava decepcionado, mas procurava esconder isso de Simone. Tenho certeza de que foi um erotismo sempre duplo e latente que me levou a trepar com Simone pela primeira vez. Não podendo ser no quarto dela, fomos obrigados a procurar um hotel de encontros, um entre muitos erros que cometemos. Ou que pelo menos eu cometi, e que chegou a ser desastroso. O quarto em que ficamos no hotel, com vista para os fundos de uma rua, era escuro, deprimente e cheirava a desinfetante. Tive certeza da virgindade de Simone, pela inexperiência que demonstrou e pela dor que a fez quase gritar. Não tive outra alternativa senão desistir e ainda consolar Simone, que não parava de chorar.

Voltamos, então, com alívio, aos nossos encontros habituais na varanda ou na sala e, quando as circunstâncias o permitiam, no quarto de Simone, que pedia a Alessandra que ficasse ali com ela, talvez intuindo a importância que isso tinha para todos. Era bem divertido, pois Alessandra continuava a ser imatura, deitava--se com a irmã, por tabela comigo, e nos divertia com os seus casos de estudante com os colegas de classe. Confesso que sentia ciúmes desses colegas, mas tentava tirar isso da cabeça, pois ela me tratava com muito carinho.

Até que aconteceu um divisor de águas, digamos assim. Estava eu acostumado a ver Alessandra só de calcinha, o que nunca deixava de me perturbar. Numa determinada tarde, ela novamente resolveu tomar banho ali mesmo, no banheiro do quarto e, como de hábito, como se eu fosse um irmão dela, foi tirando a roupa na minha frente. Só que nos preparara uma surpresa, não só porque os seus seios haviam crescido mais um pouco, mas porque ela segurava na mão um sutiã que tirou da bolsa. O que veio a seguir talvez tenha sido uma encenação, mas possivelmente, pensei muito depois, carregada de ingenuidade. Virando de costas para nós na cama, ela tentou dar o laço no sutiã também nas costas, como se houvesse descoberto o pudor da adolescência. Sua irritação pareceu genuína, pois, não conseguindo atar o laço, exclamou:

"Quem me ajuda?"

Tanto eu como Simone nos levantamos de um salto, creio que Simone num gesto protetor, e eu, além disso, num dos gestos mais instintivos que tive durante toda a minha vida. E ambos estávamos seminus, pois antes estivéramos cobertos por um lençol.

Cheguei primeiro, sob um olhar de reprovação de Simone, ao que parecia. Mas isso não impediu que eu, com as mãos trêmulas, atasse o sutiã de Alessandra e que o meu pau encostasse, sem querer (?), na bunda da garota, coberta pela calcinha. Talvez Alessandra tenha percebido a irritação da irmã, pois foi num impulso rapidíssimo que caminhou, quase correu, de calcinha e sutiã e carregando um vestidinho, para o banheiro, batendo a porta atrás de si.

Simone olhou furiosa para mim e disse: “Você me paga”. E me empurrou com raiva para a cama. Só que, apesar de seus olhos chispantes, jogou-se em cima de mim e sentou-se em minha barriga, dando-me tapas na cara. Mas era óbvio que toda aquela situação também a excitara, embora não tivéssemos tempo de chegar às últimas consequências, pois Alessandra não demoraria a sair do banheiro. E, quando o fez, Simone e eu separamos velozmente nossos corpos, deitando de costas na cama, cobertos pelo lençol.

Com a cara mais angelical do mundo, Alessandra saiu do banheiro, não vestida, e sim enrolada numa toalha, o que me deixou bastante curioso, interessado mesmo, pois não sabia o que ela iria fazer depois. E o que ela fez foi abrir o guarda-roupa de Simone. Pegou lá dentro um vestido, o mais chique de Simone, e perguntou à irmã: “Posso?”. “Pode”, disse Simone, com um ar de ressentimento.

Não sei se houve algum mal-entendido, pois Alessandra virou-se para nós e deixou cair a toalha. Poucas vezes na vida meu coração bateu tão acelerado. Eu e Simone ficamos perplexos, não só pelos seios da garota, que pareciam crescer todos os dias, mas por seus pelos pubianos, que também cresciam e começavam a vedar sua xoxota, tornando-a muito mais misteriosa. Permanecemos em silêncio os três, mas tive certeza de que era como se assistíssemos, eu e Simone, à transformação de Alessandra em mulher, o que era realçado pelo traje de festa que vestiu.

Os ditados populares contêm verdades e um deles, aplicável ao meu caso, era: tudo que é bom dura pouco. Naquela tarde mesma deve ter caído a ficha inteiramente para Simone, que, com certeza, advertiu a irmã, pois o fato é que Alessandra, a partir daí, não ficou mais nua na minha frente. Pior ainda, arrumou um namorado, um rapaz fortinho que lutava uma arte marcial e que, na primeira vez que me viu com as duas, olhou-me, sério, de cima a baixo, até fixar-se bem em meus olhos. Chamava-se Alfredo e, embora não parecesse ter grande inteligência, ficou claro que percebera a ambiguidade que envolvia minha relação com as duas irmãs. De cara fechada, puxou Alessandra pela mão e saiu do quarto, sem nem ao menos despedir-se de mim. A garota ainda se virou e olhou-me nos olhos, com um ar de quem se desculpava e se despedia.

Fiquei desolado e, desejoso de dar a volta por cima, empurrei Simone para a cama, tranquei a porta e, embora ainda vestido, tirei sua calcinha e, baixando minha própria calça, fui por cima dela, com o pau ainda duro, mas que foi murchando, murchando, enquanto Simone procurava inutilmente despertá-lo. Não foi preciso nem refletir para saber que a presença de Alessandra tornara-se parte essencial em nossa relação, naquele princípio de noite. E como se já não bastasse essa desventura, sua mãe, lá de fora, bateu na porta e, sem o menor tato, perguntou-nos o que estávamos fazendo. “Nada, mãe, já vou abrir”, disse Simone, e levantou-se, recompondo a roupa, no que a imitei. Isso demandou algum tempo e, quando Simone abriu a porta, eu estava sentado numa poltrona, mas dona Esmeralda olhou-nos de cima a baixo e entendeu não só o que acabara de acontecer como o que já vinha acontecendo fazia tempo.

A partir daí, começou um dos períodos mais insatisfatórios da minha vida; tão insatisfatório que tenho até dificuldade em relatá-lo. Mas, resumindo com a maior brevidade possível, o pai e a mãe de Simone cobravam, com perguntas indiscretas, que nos casássemos. “E se você estiver grávida?”, a mãe perguntou a Simone, que me relatou a conversa das duas: “Que vexame será casar-se nesse estado". Para piorar as coisas, não se demorou a descobrir que as regras de Simone estavam atrasadas, o que com toda a certeza foi comunicado ao pai dela, pois certa noite em que cheguei à casa deles o doutor Cândido me esperava à porta, junto com a mulher e a filha, pôs a mão em meu ombro e, com um olhar de fúria e o rosto avermelhado, ia me dizer alguma coisa grave, talvez uma ameaça, mas, de repente, pôs a mão no peito e começou a vacilar. Dona Esmeralda o amparou e o fez deitar-se, trêmulo, com os olhos cerrados, no sofá. Sua mulher sumiu lá dentro e Simone fazia carinhos nos cabelos do pai e olhava também para mim, como se eu devesse fazer alguma coisa. Eu me sentia arrasado, mas também revoltado, como se eles todos me chantageassem, me culpando por tudo.

Felizmente, dona Esmeralda voltou lá de dentro com alguns comprimidos, que administrou ao marido que, aos poucos, foi se tranquilizando. Mais felizmente ainda, constatou-se, dois dias depois, que Simone não estava grávida, antes mesmo do resultado negativo do exame de sangue que seu médico lhe prescreveu. Mas, a essa altura, eu já propusera a Simone que nos casássemos dali a três meses, apenas o tempo suficiente para que ultimássemos todos os preparativos. Obviamente, isso foi comunicado a toda a família e tudo voltou a uma pacata e tediosa normalidade, quando, por uma espécie de acordo tácito, voltamos a namorar na varanda, mais preocupados em combinar os preparativos para o casamento do que com avanços libidinosos, pois a gravidez, apesar de falsa, fora uma espécie de advertência. E, algo que eu não queria assumir, a presença de Alessandra fazia mesmo falta, pelo menos para mim, mas creio que também para Simone, o que eu não ousava perguntar a ela. O certo era que Alessandra agora se dedicava ao namorado. E eu também assistia a quase todas as aulas na faculdade, pois estava em vias de ser reprovado.

Tive com meu pai uma conversa de homem para homem e

ele não só foi solidário com a minha situação, como me arranjou um estágio remunerado no escritório de advocacia que dividia com o doutor Armando Fonseca, o que já havíamos conversado algumas vezes, sem maiores compromissos. Meu pai era o sócio majoritário e fazia a parte cível, enquanto o doutor Armando cuidava da parte criminal. O estado de saúde de meu pai era precário, ele já se sentia um homem realizado e se poupava ao máximo, o que não o impediu de piscar um olho para mim e, com um sorriso maroto, dizer que o casamento não era impeditivo de nada para os homens. E que eu aproveitasse ao máximo minha lua de mel, e que minha remuneração acordada — que era generosa — não deixaria de ser paga enquanto isso. Uma lua de mel que brilhava em seus olhos e nos do doutor Armando, pois é claro que eu apresentei Simone aos dois, numa festinha que fizemos de noivado, às vésperas do casamento. Confesso que fiquei orgulhoso. Foi quando tive certeza do que já intuía havia muito: que meu pai, certamente, não fora nada fiel, pelo menos em seus áureos tempos, a minha mãe. Entendi, mais ainda, que meu pai era um homem à antiga, para quem uma lua de mel era o ápice de uma vida sexual.

E assim aconteceu. Eu e Simone nos casamos no civil e no religioso, e esta última cerimônia, embora eu não tivesse religião nenhuma, me deixou excitado com a perspectiva de, a partir daí, poder gozar de toda liberdade com Simone. Mas me senti um tanto perturbado por Alessandra ser uma das damas de honra, pois ainda tinha idade, ou pelo menos o *physique du rôle*, para fazer esse papel que, a julgar por seu sorriso, lhe agradou muito, como se ela participasse não apenas da cerimônia, mas também do que viria depois. Fiquei ainda mais perturbado quando, na saída da igreja, à guisa de cumprimento, ela me beijou na boca muito mais demoradamente do que seria de se supor num beijo em um noivo recém-casado. Não se mostrava nem um pouco embaraçada, mas Jonas, o seu então namorado, me fuzilou com os olhos e a puxou pelo braço, rispidamente. E no meu pensamento faiscou, como um rápido relâmpago que logo se apagou, que em meu casamento com Simone, quem sabe, surgiriam novas oportunidades para que formássemos novamente um trio, até com mais facilidade? Então posso dizer que, pelo menos em intenção, traí minha mulher no dia mesmo do nosso casamento.

Mas não foi só isso que me excitou. Também o vestido de noiva de Simone era como se fosse uma passagem radical no tempo, de virgem pura a mulher, com um decote provocante e um corte lateral na saia. E também porque, no órgão da igreja, na parte superior do templo, alguém tocava *Pour Elise*, de Beethoven. Uma composição que, não sei por quê, talvez por ser um dos poucos clássicos que eu conhecia desde a adolescência, me parecia bela, fácil, cheia de frescor juvenil. Sim, era bem isso: juvenil, como eu via Simone naquele momento, com flores de laranjeira no cabelo.

Nossa lua de mel foi passada em Ubatuba, no litoral de São Paulo, para onde fomos de táxi aéreo e onde Armando Fonseca tinha uma casa, que nos emprestou para aquele fim. E posso dizer que aqueles dias foram dos melhores do nosso casamento. Não sei se o beijo de Alessandra teve a ver com isso, mas o fato para mim, talvez para ambos, é que, apesar de já termos intimidade, o casamento é que pareceu uma transgressão excitante. Pedi que Simone pusesse o vestido de noiva, que fui tirando aos poucos, e trepamos de todos os modos possíveis, sempre bem. E até o fato de nadarmos nas praias da cidade e colhermos mexilhões na areia, que preparávamos e comíamos, nos pareceu uma extensão de uma enorme liberdade. Abrir uma concha que catávamos na praia e comer um mexilhão era um ato que nos aproximava tanto da natureza e de nós mesmos que Simone e eu preferíamos ficar em silêncio a dizer alguma banalidade. Eu pensava comigo mesmo que o tempo parecia parado e que poderíamos ficar assim para sempre. E nos sentíamos felizes e realizados.

Mas é quase desnecessário repetir lugares-comuns sobre o tempo, e chegou o dia em que não podíamos adiar mais nosso retorno a Belo Horizonte. Eu tinha combinado de assumir o meu lugar no escritório e Simone precisava voltar às aulas de seu mestrado de pedagogia, pois só faltava um semestre para terminar os créditos e então escrever a sua tese. Já tinha feito os contatos para dar aulas numa faculdade particular e seria impensável que não trabalhasse, pois morreria de tédio e de culpa.

Na verdade, eu, como estagiário, devia gradualmente substituir meu pai, que já pouco trabalhava, preservando sua saúde. Apesar de estar energizado com a temporada junto ao oceano, ou talvez por isso mesmo, o golpe foi forte. O doutor Armando me designou para a parte cível do escritório e eu tinha de assessorá-lo em alguns processos, gozando até de certa autonomia. Eu era escalado para ir ao fórum, comparecer a algumas audiências, e foi aí que caí na real. Esses processos giravam sempre sobre alguma demanda financeira, como aluguéis e prestações atrasadas, cobranças de bancos ou do comércio, sonegação legalizada de impostos, pendências familiares sobre bens, direito à guarda de filhos, inventários, direitos autorais não pagos e assim por diante.

Apesar da diversidade dos casos, logo me senti entediado de ter de ler os códigos civil e de processo civil e, às vezes, eu me dispersava inteiramente, perdendo-me no meio daquelas letrinhas, e pensava com frequência em Simone e no tempo em que só cuidávamos um do outro na praia, quando o tesão de ambos parecia inesgotável. Mas, agora, não era raro que, ao voltar para casa, eu encontrasse Simone estudando em seu pequeno escritório e, se por acaso queria acariciá-la, levá-la para a cama, ela se fechava e me falava claramente que tinha de estudar para alguma prova e que eu esquentasse minha própria comida, que estava no forno. E que eu a esperasse na cama, que ela iria logo, logo. Só que esse logo podia demorar duas horas e, quando Simone vinha para o quarto, era comum que eu já estivesse dormindo, com um livro de ficção sobre o peito, pois, depois de uma jornada inteira me dedicando ao direito, queria mesmo era sair do real.

Simone não me acordava e estávamos em tempos diferentes. Pois se eu despertava durante a noite e a via dormindo ao meu lado, indefesa, sentia ternura por ela e ao mesmo tempo me excitava com a sua vulnerabilidade. Até que houve uma noite em que a enlacei pelas costas e tentei comê-la assim, no meio do sono, como se estivesse desacordada, pois tomava comprimidos para dormir, esgotada e nervosa com os estudos. Simone virou-se para mim, olhou-me a princípio desorientada e depois enfurecida, empurrando-me com toda a força. Fiquei extremamente magoado e perguntei se a incomodava que transássemos assim, pois ela era minha mulher e eu a amava. Ela respondeu-me, ainda nervosa, que, se eu a desejava, pelo menos a despertasse.

No entanto, desconfiei que aquilo a excitara de algum modo, pois ela virou-se para mim com as pernas entreabertas e tentou fazer com que eu a penetrasse assim, meio de lado. Só que foi uma brochada fulminante de minha parte, pelo que acontecera antes e talvez pelo convencionalismo conjugal de nossa posição. Mas pelo menos Simone mostrou-se compreensiva, pois, antes de virar-se para o outro lado e adormecer imediatamente, passou a mão nos meus cabelos, consolando-me. Porém, não consegui dormir naquela noite, atingido em meu orgulho e sentindo-me um menino. De manhã cedo nem esperei minha mulher para tomarmos o café da manhã juntos. Tomei uma rápida chuveirada, vesti meu terno e a gravata e já ia saindo quando

Simone saiu do quarto com aquele ar apalermado de quem acabou de despertar. Balbuciei uma desculpa sobre um processo que pedia minha intervenção urgente, dei-lhe um beijo rápido na face, abri a porta e saí.

Todo homem sabe que uma brochada pode trazer sequelas em sua vida conjugal, e assim foi comigo. Para não ser posto à prova em minha masculinidade, passei a chegar em casa só depois de beber com alguns colegas num bar próximo à faculdade. Encontrava Simone estudando ou dormindo e ficava agradecido por ela não me recriminar, pois estava envolvida demais com seus estudos. Só fazíamos mesmo companhia um ao outro nos fins de semana. Costumávamos ir ao cinema e jantar fora e, invariavelmente, eu bebia. E notava com alívio que uma leve embriaguez agia sobre as minhas inibições, tanto afetivas como sexuais. E passamos a trepar regularmente aos sábados e domingos, e eu bebia também em casa. Gostava de beber até na cama, às vezes nos momentos mesmo em que transávamos, ela sentada sobre mim. Já Simone era abstêmia, pois tomava seus medicamentos tarja preta diariamente. E o fato é que ambos nos acostumamos com esse ritmo, que nos parecia absolutamente normal para um casal. E posso dizer até que vivíamos bem, pois as minhas constantes demoras na rua evitavam que nosso casamento resvalasse rapidamente para o fastio, ao mesmo tempo que facilitavam os estudos de Simone. Eu estava feliz, ou pelo menos acomodado, com a esposa que tinha.

Ao ficar meio bêbado com os colegas depois das aulas, não pensava que estava evitando Simone, mas apenas que voltara a desfrutar de uma certa liberdade, e me espantava e até me magoava um pouco que Simone não me repreendesse, pois dormia a sono solto, meio sedada, quando eu chegava.

Mas também pensava que era absolutamente natural certo enfado depois de uma lua de mel, quando um casal se experimenta em todas as posições, que me eximo de descrever aqui, pois, afinal, tirando uma fase na adolescência, nunca me interessei pela escrita pornográfica. Prefiro dizer apenas que foram dez dias de intensas descobertas. E devo agradecer a minha sogra por ter nos vigiado, e a Alessandra, que manteve nossa chama acesa com sua simples presença no quarto de Simone, evitando que caíssemos num tédio prematuro.

Foi um momento de descoberta também da solidão e liberdade e do prazer da companhia masculina, invariavelmente no bar próximo à escola, o mesmo onde passamos a nos encontrar, queridos companheiros, como se já houvesse uma predestinação em minha vida. Naquela época as discussões políticas eram acaloradas, pois, se éramos todos de esquerda, eu um pouco menos do que eles, havia várias facções, algumas delas, por *wishful thinking*, querendo precipitar a luta armada, outras defendendo a tese de que se devia antes amadurecer um processo político. Algumas vezes cheguei a pensar se não era a política uma variante da sexualidade, embora muitos dos meus colegas, mais tarde, tivessem arriscado a própria vida e sido torturados ou mortos no cárcere. Mas é uma história tão conhecida de todos que me eximirei de contar isso também. Até porque eu próprio era mais um espectador, um homem casado e fazendo estágio num prestigioso escritório de advocacia, que exigia até que eu andasse de terno. O doutor Armando, quase desnecessário dizer, era favorável à *revolução*, como ele e seus iguais denominaram o golpe de Estado que levou os militares ao poder.

Mas nossas diferenças iam muito além da política. Elas abrangiam a própria existência, embora eu estivesse decepcionado com a minha, por ter abandonado meus sonhos românticos de uma vida artística para cair no conformismo pequeno-burguês. Apesar disso, eu era solidário com os militantes e prestei alguns serviços à sua causa, como doar modestas contribuições financeiras e, já no regime militar, esconder uns dois ou três guerrilheiros procurados, o que deixava Simone temerosa e, confesso, eu também, pois sabia que não resistiria à tortura se alguns deles fossem presos e obrigados a revelar onde haviam se abrigado e os policiais ou militares viessem atrás de mim, supondo que eu fazia parte de uma das facções rebeldes, e quisessem que eu lhes revelasse o que absolutamente não sabia. Mas quanta gente não foi torturada e morta por equívocos iguais a esse?

De todo modo, minha participação política foi pífia, limitando-se a opiniões e discussões nos bares, que passamos a variar, para não nos expormos à repressão. Mas chegava uma hora em que eu tinha de voltar para casa. Simone usava melhor o seu tempo, para estudar. Às vezes me esperava, às vezes não. E eu chegava a sentir ternura por ela, vendo-a adormecida à mesa com um livro de pedagogia e um caderno ao lado. Cheguei mesmo, algumas vezes, a conduzi-la até a cama, tomando cuidado para não despertá-la totalmente, pois percebia que ela também não tinha interesse em transar.

O que não queria dizer que nosso casamento ia mal. Como vivíamos horários incompatíveis, estávamos nos dando até bem um com o outro. Eu chegava cansado da faculdade e meio bêbado, o que era conveniente para Simone, que já começara a escrever com afinco a sua tese de mestrado, muitas vezes indo até a noite. Eu não me interessava nem um pouco por pedagogia, mas, quando acontecia de jantarmos juntos, conversávamos cordialmente sobre a sua tese, eu fingindo interesse. E se alguma animosidade existia era contra a inconcebível situação política brasileira, e ambos estávamos de acordo nas severas críticas ao governo que, como os mais instruídos sabiam, era uma ditadura que nem se disfarçava mais de democracia.

Quanto ao meu trabalho, Simone até mostrava um interesse genuíno pelos casos mais dramáticos na área penal, em que eu não trabalhava, mas de que ficava a par, no escritório, onde tinha de ouvir, ainda, as ideias conservadoras — para dizer o mínimo — do doutor Armando. Ele achava que o país estava no rumo certo e eu o escutava em silêncio, sem coragem para contradizê-lo. Felizmente, as conversas de bar me permitiam demonstrar toda a minha indignação.

Em geral eu já chegava sem fome em casa, depois de fazer refeições ligeiras na rua, e, muitas vezes, encontrava Simone dormindo, auxiliada, como já disse, por um ou mais comprimidos.

Nesse ritmo, era natural que nossa vida sexual fosse praticamente inexistente e creio que, se não fosse determinado acontecimento, talvez eu encontrasse uma amante lá mesmo na faculdade. As trepadas com Simone já eram mais ou menos quinzenais, em geral num sábado ou domingo, e nos esforçávamos para variar de posições na cama, como na lua de mel. Mas não era mais a lua de mel e eu gozava logo e me incomodava o fato de usar agora camisinha, pois Simone já planejava uma vida profissional em que não poderia entrar a maternidade. Eu até gostava de ver Simone se masturbar ao meu lado, depois do meu gozo, e sentia alívio ao vê-la gozar e, tivesse eu energia para trepar de novo, até o faria, mas aí teria de pegar outra camisinha, vesti-la com o meu pau meio mole e, além disso, Simone já se mostrava totalmente saciada.

Foi quando aconteceu o fato que mudou a nossa vida, pelo menos temporariamente. Voltava eu da faculdade ligeiramente embriagado, despi-me procurando não chamar a atenção de Simone, mas ela dormia a sono solto, com um livro aberto ao lado do corpo. Usava uma camisola leve como sempre, e voltei a sentir uma certa ternura por ela. Ali nu, de pé, observei que sua camisola estava meio erguida, deixando ver as suas coxas e, para espanto meu, a sua xoxota. Com certeza se deitara tão cansada que se esquecera de pôr a calcinha. Cheguei a admitir a hipótese de que ela queria me seduzir, mas não, seu sono era muito pesado.

O fato é que fui acometido por um tesão irresistível por aquela cena. Simone adormecida com um livro ao lado, com sua xoxota à mostra, apenas um pouquinho entreaberta, certamente por um descuido. Foi quando tive um ato que me pareceu louco e até arriscado, pois podia enfurecer Simone por eu me aproveitar dela. Ajoelhando-me no colchão, comecei a enfiar meu pau duríssimo, cautelosamente, na boceta de Simone. Ela não se mexeu e concluí que devia ter tomado algum poderoso comprimido para dormir, como fazia às vezes, quando ia para a cama muito cansada.

Simone não estava muito molhada e tive medo até de machucá-la, mas, como ela não fazia nenhuma menção de se defender, meu pau foi entrando. Quando eu já me mexia dentro da boceta de Simone, ela finalmente ficou molhada. Alguma coisa era profundamente diferente naquela foda, pois não ejaculei prematuramente, e Simone, semiadormecida, embora parecesse não acordar, suspirava muito baixinho e encaminhou-se para um orgasmo, que coincidiu com o meu.

Fiquei encantado, mas, sem querer acordar minha mulher, saí vagarosamente de dentro dela e deitei-me ao seu lado, vestindo antes a cueca, para o caso de Simone acordar e não perceber que eu a comera dormindo. Meus estudos e meu conhecimento do Direito me deixavam plenamente consciente de que um homem podia ser acusado de violar a própria mulher. Mas o que aconteceu foi Simone virar de lado, sem dar o menor sinal de estar acordada. Enquanto eu, também de lado, me sentia ainda encantado e nem dormi naquela noite, só pensando no ato que acabara de acontecer.

No dia seguinte tomamos o café da manhã juntos e eu estava temeroso, além de encabulado, com o que acontecera à noite.

Mas, para satisfação minha, Simone nem mencionou o assunto e pensei que ela devia estar mesmo inconsciente quando fora comida, apesar de eu ter notado uma ligeira alteração em sua respiração, próxima de um ou outro suspiro. E não deixei também de notar que ela estava de bom humor nessa manhã, embora só comentasse, ligeiramente, que seus estudos estavam indo bem.

Pelo que acontecera, tive um dia erotizado, tanto no escritório como na faculdade, a ponto de ter de disfarçar o pau duro. Mesmo assim, depois da aula ainda bebi no bar com alguns colegas, mas não muito, pois senti vontade de voltar para casa e assim fiz. Se encontrasse Simone acordada eu gostaria de trepar com ela, com um desejo que nascia da noite anterior, e cheguei a pensar que o meu gozo mais demorado, e quem sabe também o dela, ainda que inconsciente, fosse um sinal de que nossa vida sexual podia mudar e de que eu podia me livrar para sempre de minha ejaculação precoce. Mas, percebendo que Simone estava não só coberta, mas parecendo profundamente adormecida, para decepção minha, resolvi não forçar a sorte assediando-a. E como eu praticamente não dormira na noite anterior, também peguei logo no sono.

No dia seguinte, tive a boa surpresa de ver a mesa posta para o café da manhã, depois que saí do banho e me vesti. Era um sinal de que Simone continuava de bom humor e resolvi sondá-la, perguntando-lhe sobre os seus estudos, e ela me respondeu com afabilidade que, apesar das dificuldades, as coisas caminhavam no rumo certo. E, por sua vez, perguntou-me como iam os meus estudos e o meu trabalho. Apesar de todo o meu aborrecimento com ambos, resolvi não estragar o clima me queixando, no que fiz bem, pois Simone me acompanhou até a porta e fez um pequeno gesto, mas que para mim significou muito: ela não só ajeitou a minha gravata, com o rosto bem próximo do meu, como me deu um beijo que, embora ligeiro, foi na boca.

Voltei para casa um pouco mais cedo do que habitualmente, naquela noite, apesar de mais embriagado que de costume, sabendo que, no íntimo, queria ter coragem para alguma coisa que ainda não sabia direito o que era. Encontrei Simone sentada à mesa, com um livro e um caderno abertos, e ela saudou-me com um "Ora viva, chegando cedo". Depois me perguntou se eu queria que ela esquentasse um prato para mim, no forno, o que aceitei satisfeito, pois não comera na rua. Enquanto comia um bom bife com purê de batatas, que talvez ela própria houvesse preparado e não a diarista, pois estava mais gostoso do que normalmente, pensei, então, que a noite prometia. Eu comia calmamente enquanto Simone foi até o quarto e, ao voltar, estava com a mão fechada. Depois abriu-a com dois comprimidos que engoliu junto com um copo d'água. Eu, sinceramente, não sabia se aquilo era bom ou mau sinal, e soube menos ainda quando Simone bocejou e perguntou-me se eu me importaria se ela fosse estudar deitada no quarto, pois estava muito cansada, mas ainda precisava rever uma questão no livro. Eu disse que não, em absoluto, mas tive medo de me decepcionar, pois viera para casa com a intenção de comer Simone naquela noite. Mas não queria mostrar-me folgado e machista e fiz questão de lavar os pratos na cozinha. E aproveitei para preparar uma dose de uísque para mim.

Quando entrei no quarto, com o copo na mão, já encontrei Simone profundamente adormecida. Mas o que havia de diferente naquela cena é que ela estava de calcinha, sim, mas sem sutiã, e os seus seios estavam tampados por um livro aberto. Era uma composição encantadora e resolvi desfrutar dela por mais tempo. Fui tirando minha roupa e, em vez de vestir uma bermuda, do jeito que dormia habitualmente, fiquei ali de pé, completamente nu e bebendo, com o pau naturalmente muito duro. Pensei que era uma cena ideal para que eu me masturbasse, mas não queria acabar logo com aquilo. Então me sentei na cama, sempre bebendo, de um modo tal que tive coragem de ir baixando a calcinha de Simone devagarzinho e até cogitei se devia retirar o livro de cima de seus seios, mas achei melhor não.

Para o que aconteceu a seguir, tive de depositar o copo no chão, mas nem cheguei a retirar totalmente a calcinha de Simone, pois achei mais erótico descê-la só até as pernas. Alcei-me até a sua boceta e encontrei alguma resistência para entrar nela, pois estava novamente um pouco seca. Tive medo, sim, de que Simone despertasse com aquela cena próxima de uma violação, mas era tarde demais e, lenta mas incisivamente, penetrei em Simone até o fundo e tive quase certeza de ver um ricto de dor nos lábios dela, que no entanto logo se dissipou, e ela voltou a mostrar-se profundamente adormecida, enquanto o livro caía ao seu lado e a visão de seus seios firmes só tornava o meu desejo mais ardente. Constatei, contente comigo mesmo, que demorei um tempo justo para gozar e que Simone, embora nem abrisse os olhos, respirava pausadamente, no que nem chegavam a ser gemidos, levando-a até um estremecimento último, um clímax, quando ela cravou as unhas nas minhas costas, para depois amolecer o corpo, afastar-me, virando-se para o lado e voltando a dormir.

Eu não deixava de estar feliz, mas me sentia também culpado, com medo de que Simone despertasse e me acusasse de algum ato ilícito. Então fui saindo bem devagar de dentro dela, voltei a subir sua calcinha, mas achei que seria demais colocar de novo o livro aberto sobre os seus seios. E fui lavar-me no banheiro, para onde levei o copo, cujo conteúdo bebi em dois goles. Lá vesti a bermuda e depois voltei para o quarto. Simone agora dormia a sono solto e deitei-me a seu lado. Talvez, ao contrário de minha mulher, eu tivesse consciência plena do que acabara de acontecer. Tanto é que, no dia seguinte, de manhã, fiz o menor ruído possível ao ir para o banheiro e depois voltar para o quarto, onde me vesti sempre observando Simone, que parecia dormir absolutamente relaxada. Ainda bem, pois eu não estava a fim de dar explicações. Preferia tomar o café da manhã na rua, mas, quando já ia sair do quarto, com a gravata dependurada no pescoço, Simone despertou, sorriu para mim e disse: "Puxa, dormi como uma pedra, acho que nem sonhei. Você não se importa que eu fique na cama mais um pouco, importa, querido?". "Claro que não", eu disse, afobadamente, mas tranquilizando-me com o seu tom bastante pacífico e sonolento ao falar comigo, para logo depois cerrar outra vez os olhos.

De todo modo, saí rapidamente de casa, como se fugisse de alguma coisa, de algum ato vil que praticara naquela noite e que teimava em agarrar-se a mim. No entanto, embora meu coração batesse forte, meu pau estava nitidamente duro no elevador e, quando entrou outro morador do prédio, cumprimentei-o polidamente, mas tomando o cuidado de manter a pasta de trabalho contra o ventre.

Só que o meu pau teimava em endurecer no trabalho, sob a mesa, e também na faculdade tive de fazer os maiores esforços para me controlar, o que acabei conseguindo a duras penas. Por fim, relaxei no bar e um ou outro colega chegou a comentar comigo que eu andava muito bem-humorado e que a vida de casado estava me fazendo bem. E um deles disse até que me invejava.

Mas no que consistia exatamente essa boa vida de casado? Comer Simone dormindo exerceu um papel fundamental nisso, não havia a menor dúvida. Embora nenhum de nós dois comentasse o assunto, aquilo vinha ao encontro de um fetiche de ambos, como se fôssemos dois estranhos fodendo, o que não deixava que o tédio tomasse conta de nosso casamento. E assim procedemos mais umas quatro vezes, com ligeiras variações, como, por exemplo, eu comer Simone de bruços, sem, no entanto, cometer nenhuma perversão, o que poderia ser catastrófico para a nossa relação, intuí. E lembro-me bem, pois foi prenúncio dessas mudanças, que, certa noite, depois de passar pelo quarto e ver Simone dormindo, coberta, pois era outono e já fazia um pouco de frio, levei um pijama grená — lembro-me bem da cor — para o banheiro, onde o vesti depois de tomar um banho. E fui fumar à janela da sala, o que seria inadmissível no quarto, pois Simone não suportava a fumaça nem o cheiro de fumo.

Morávamos no décimo andar de um edifício na Glória e dali tínhamos uma visão privilegiada da cidade. Naquela noite pensei, o que não deixava de ser um clichê, nos milhões de habitantes do Rio de Janeiro, cada um vivendo a sua vida naqueles quartos iluminados. Mas eu estava particularmente sensível e imaginei a quantidade de casais vivendo, cada um ao seu modo, com seus amores e ódios, suas angústias e alegrias. E pensei ainda que eu e Simone éramos até privilegiados, pois nos dávamos bem, gozávamos de nossas liberdades e ainda tínhamos uma ótima, apesar de meio estranha, ou vai ver por isso mesmo, vida sexual. Em suma, éramos felizes, cheguei a suspirar, tragando a fumaça até o fundo de meus pulmões.

Ao retornar ao quarto, com meu copo na mão, tive uma surpresa que demorei um pouco a assimilar, mas que, no entanto, pareceu-me agradável a princípio, pois acabaria por ser mortal para o nosso desejo repetirmos, mesmo com pequenas variações, as nossas posições na cama. A última coisa que podia esperar era que Simone estivesse usando um vestidinho, que me pareceu de adolescente, estudantil, eu diria, com uma blusa branca e uma saia xadrez, e com os joelhos dobrados, em que pousara um livro. Como sua calcinha estava sedutoramente visível, pensei na sabedoria de Simone de tentar-me com uma variação radical. Mas o que mais me surpreendeu foram os seguintes gestos: Simone pousou o livro na cama e pediu-me que lhe passasse o copo com uísque. E cheguei a hesitar:

"Mas você vai beber? Não acredito."

"Vou, por quê, por acaso também não posso?", ela disse rindo.

"Pode, claro", apressei-me a dizer. "Mas aconteceu alguma coisa?"

"É, querido, você me conhece bem. Depois eu te conto. Mas primeiro quero que você me obedeça, você jura?"

"Juro", eu disse, desconfiado, mas altamente tentado. E a obediência que Simone me pediu foi que eu deitasse, nu, de costas, na cama. O que mais me fez desconfiar foi que nunca antes experimentáramos aquilo, Simone beber na cama, ou fora dela, sentada sobre mim. E chegou a passar por minha cabeça que Simone teria arranjado um amante, que lhe ensinara novas técnicas. Pois, tirando apenas a calcinha e mantendo o vestido, ela, depois de pedir que eu me despisse, sentou-se sobre mim e, sempre com o copo na mão, fez com que eu a penetrasse. Fiquei mais uma vez encantado, era como se eu tivesse uma nova mulher, que penetrei até o fundo, o âmago, vou me permitir esse preciosismo. Mas, feliz ou infelizmente, não deu para eu segurar por muito tempo o meu desejo e gozei logo, gozei muito, em estertores, mas, agora sem dúvida felizmente, Simone, sem largar o copo, pelo contrário tomando mais um longo gole, o que tornava aquela variação até sofisticada, também gozou, ou pelo menos assim me pareceu. A minha grande e real surpresa foi que Simone deu uma sonora gargalhada, de um prazer e uma felicidade inegáveis. Depois me passou o copo e me disse, antes de cair para o lado:

"Tome, tome o seu uísque."

Sentei-me na beirada da cama e de fato comecei a beber, e bastou um longo e demorado gole para que o copo ficasse vazio.

Queria conversar com Simone, arrancar dela o que a fizera beber e mudar tão radicalmente de posição, arrastando-me com ela. Antes, resolvi ir até a cozinha, onde deixara a garrafa de uísque, da qual me servi. Por alguma razão, nessa noite me sentiria ridículo se fosse até o quarto já nu, inclusive porque Simone, como percebi, continuava vestida e tornara a botar a calcinha. Então peguei no armário do quarto uma bermuda e vesti-a.

Demorei algum tempo naquele meticuloso processo de tirar o gelo do congelador, servir-me e depois vestir-me. Ainda estava tomado pela transa tão diferente e interessante que eu e Simone tivéramos. No entanto, como se tivesse de pagar alguma culpa, fui tomado novamente por aquele pensamento inquietante que meu cérebro fabricava, como se fosse totalmente independente de mim: e se o fato de Simone ter se comportado de forma tão inusitada na cama, inclusive bebendo uísque enquanto trepava, significasse mesmo que ela arrumara algum amante, que a ensinara esses novos hábitos?

Ao voltar para o quarto, estava decidido a esclarecer aquilo antes que me corroesse o espírito. O problema é que, ao chegar no quarto, Simone dormia placidamente e com um leve sorriso no canto dos lábios.

No dia seguinte, tomamos o café da manhã juntos e Simone parecia feliz como na véspera. Devia ter gostado mesmo da nossa transação, tanto é que me disse:

"Posso te pedir uma coisa, amor?"

"Pode, claro."

"Vê se chega mais cedo hoje."

E, de fato, à noite, fiquei apenas até a segunda aula em que se ministrava uma prova, que fiz atabalhoadamente, me lixando para a minha nota. Não passei pelo bar e fui direto para casa, onde tive uma nova e grande surpresa. Simone, com outro vestido que me pareceu novo, até um tanto senhorial, bebia sentada no sofá. A própria garrafa de uísque e um balde com gelo se encontravam sobre a mesa baixa diante do sofá, junto com um copo vazio que, com toda a certeza, era para mim.

"Vem, meu amor, senta aqui e bebe comigo."

"Juro que não estou entendendo, querida, você aí bebendo. Aconteceu alguma coisa, terminou a sua tese?"

"Senta aqui, já disse, que eu te explico."

Eu estranhava tanto o comportamento de Simone, que, pela minha cabeça, voltou a passar o pensamento inquietante do amante. Resolvi ganhar algum tempo para pôr a cabeça no lugar:

"Espera um pouco, querida, deixe eu tirar a joça desse terno e tomar um banho, para me lavar de um dia de trabalho."

Lavei-me meticulosamente, mas não conseguia tirar da cabeça as preocupações. De que Simone houvesse encontrado alguém mais ou, pelo menos, estivesse insatisfeita com o modo como vínhamos transando.

Logo que saí do banheiro, enrolado numa toalha, Simone estendeu-me um braço, tendo na mão um copo com uísque e gelo. Antes, ela depositou o próprio copo na mesinha e disse:

"Vem, querido, vem."

Eu até esperava vestir-me antes, para a conversa com Simone, que me parecia séria, mas, como ela me ofereceu o copo cheio, estendi a mão para pegá-lo. Simone, como se me desse um bote, arrancou a toalha do meu corpo. Meu pau endureceu imediatamente e ela o pôs na boca, enfiando-o até a garganta. E, sempre com ele na boca, foi erguendo-se e tirando a calcinha, mas sem tirar o vestido, o que era uma composição sensorial que me tesava demais, pois nela havia uma boceta velada que, embora conhecesse bem, eu podia imaginar de todas as maneiras. Mas antes que eu me acomodasse assim, Simone exerceu uma pressão sobre mim e fez com que eu me sentasse no sofá, nu e bebendo. E ainda sem tirar o vestido, o que mantinha todo o mistério da sua boceta, fez com que eu a penetrasse. Eu me consideraria o homem mais feliz do mundo, não fosse ainda a inquietação de que Simone aprendera aquilo com alguém. Não tinha coragem de perguntar-lhe isso, porém queria matar a minha curiosidade:

"O que aconteceu, querida? Você está tão mudada."

Foi quando Simone me disse de chofre:

"Eu estou grávida."

Foi uma brochada fulminante. Tirei Simone de cima de mim e perguntei, abismado:

"O que você disse?"

"Estou grávida, amor, nós vamos ter um filho. Nunca estive tão feliz."

Não tinha levado nem uma fração de segundo para cair a ficha. Mergulhados numa intensa atração — até mesmo um ritualismo — sexual, tínhamos deixado de usar preservativos aquele tempo todo, e a natureza cobrava seu preço e a vida seguia o seu curso. A princípio, Simone não conseguia esconder sua decepção com a minha falta de entusiasmo e ficou amuada. Depois, até tentou atrair-me, voltando àquele rito de deixar-se surpreender apagada na cama, para que eu a comesse. Mas era tudo falso, pois, grávida, ela não podia mais tomar seus remédios tarja preta, e, ainda que tomasse, meu tesão se esvaíra de forma irreversível. E a mulher, em sua animalidade, suas regras, suas idas ao ginecologista, suas tensões pré-menstruais, me surgia em sua função maior, que era a de ter filhos, amamentá-los, et cetera e tal. Claro que os homens também podiam cumprir uma função como pais, de amar esses filhos e ajudar a educá-los, tornarem-se mais companheiros do que amantes de suas esposas. De algum modo, eu até entendia esse papel, mas o tesão se fora completa e irremediavelmente, eu não conseguia nem tentar trepar com

Simone. O mais curioso é que o meu verdadeiro trauma com aquela gravidez se estendeu às outras mulheres, pois, embora pudesse tornar-me amigo delas, não havia como sentir por elas desejo, considerá-las um objeto sexual, pois, no final das contas, todas me pareciam mães em potencial, mesmo que eu viesse a usar preservativos.

Era óbvio que o problema estava em mim, e cheguei a procurar um médico psicanalista, mas, com o decorrer das sessões, fui percebendo que não queria mudar, queria cumprir-me radicalmente até o fim. Foi quando me dediquei a prosseguir com afinco meus estudos, e até meu trabalho, embora nunca pudesse gostar do Direito e de advogados, que eu desprezava como uma classe prostituta que se dava intelectualmente a quem pagasse melhor, e tornei-me mais diligente no escritório, recebendo até elogios do doutor Armando. Mas, no meu íntimo, eu lamentava não me dedicar à escrita desinteressada, à arte.

E agora, no tempo presente, apesar de ver próxima a minha morte, sinto-me em boa parte realizado com essa peça escrita que os Alcoólicos Anônimos, ironicamente, dão-me a oportunidade de realizar, pois sem essa entidade eu corria o risco de destruir-me sem deixar nenhum legado. Porque sim, se antes já bebia com regularidade, tornei-me de fato um alcoólico dos mais profissionais, pois era capaz de beber todos os dias sem tornar-me pastoso e inconveniente, desfrutando da companhia dos meus pares masculinos, de nossas conversas cheias de um virtuosismo, quase um brilhantismo, intelectual, que se gastava no botequim. Posso dizer que bebia com método, como um escritor que admirava, o francês Alfred Jarry. E não será assim que vive a maior parte dos aspirantes a escritor, realizando sua literatura não escrita? E a bebida, como se sabe, casa perfeitamente com o cigarro.

E eu fumava desbragadamente, entupindo as minhas artérias, o que me levou, mais tarde, a colocar pontes e stents nas coronárias e nas pernas.

Mas, apesar disso, em casa as coisas corriam sem conflitos dramáticos. Pois era evidente que Simone realizava-se plenamente na gravidez, mostrava-se até feliz e éramos cordiais e indulgentes um com o outro. E não era só eu, mas também Simone, com sua barriga que começava a ficar visível, que prescindia totalmente do sexo. Assim, nada mais natural que passássemos a viver em quartos separados, o que permitia a ela, com seu computador próprio, avançar na sua tese, eis que pelo menos os estudos não eram incompatíveis com a gravidez. Cheguei a brincar com ela — que recebeu o comentário com visível prazer — que não era só um, mas dois os filhos que ela ia gerar. E, quanto a mim, podia sair e principalmente voltar nas altas madrugadas sem causar incômodos ou dar satisfações. E tornei-me tão cascudo com o álcool que podia passar noites em claro. E escrevia mentalmente, para depois passar a limpo no escritório — afinal, era filho de um dos donos —, mas não tinha tempo nem para ler literatura.

Foi quando se deu um novo divisor de águas em minha vida, na forma de uma visita de Alessandra. Nada mais natural que uma mulher fosse visitar a irmã, que sofrera um aborto espontâneo. Sim, Simone perdera a criança e, para surpresa minha, não demonstrou estar muito traumatizada com o fato e mergulhou ainda mais nos estudos. Quanto a mim, confessava secretamente que sentia alívio com a interrupção daquela gravidez, pois não tinha nenhum entusiasmo com a paternidade. Ainda mais que, depois de uma atenção cautelosa para com Simone por sua perda, voltei à minha vida habitual. E todos já terão percebido que eu era, ou sou, um rematado egoísta.

Alessandra acabara de passar quase um ano na Europa, como uma espécie de viagem de núpcias, e tinha aproveitado para fazer um curso de arte. A última vez que eu a vira fora em seu casamento, chiquíssimo, na igreja da Candelária. O marido, impecavelmente vestido, devia ser uns vinte anos mais velho do que ela, mas era também muito bonito e, pelo que soube, riquíssimo, do ramo das autopeças, em São Paulo.

Alessandra se vestira de branco, como a maior parte das noivas, mas, mesmo para um não entendido como eu, dava para perceber que o seu vestido era assinado por algum costureiro importante, que ousara bastante, pois havia, além de um farto decote, um corte na saia que deixava entrever a perna da noiva até acima de um dos joelhos e mesmo um pouquinho da coxa. Mas o que verdadeiramente me encantou foi que, na fila dos cumprimentos, Alessandra me beijou na boca e deu uma risada, que remetia ao meu próprio casamento, só que o marido dela, um gentleman, nos observou sorrindo. Tive a impressão, quase a certeza, de que ele já ouvira falar de mim.

Mas se me alonguei nesse preâmbulo, isso não quer dizer que serei minucioso como ao falar de minha relação com Simone. Não apenas para não me repetir e tornar-me enfadonho, mas também porque o meu amor de adulto por Alessandra primou por certa economia e praticidade — era mais qualitativo que quantitativo, sem nada perder do encanto das novas descobertas. E eu tinha também a urgência dos que desconfiam que não vão viver muito.

E agora ela estava de novo ali, elegantemente vestida, com o corpo um pouco mais amadurecido, porém magro, e era evidente que se cuidava. As duas irmãs se fecharam no quarto, certamente para trocar confidências femininas. Deixado a sós, resolvi tomar um uísque, pois seria indelicado ir embora sem me despedir de Alessandra, e também tive certeza de que gostaria de vê-la de novo.

Quando as duas retornaram para a sala, uns quarenta minutos depois, eu bebia sentado no sofá. Muito afável e sorridente, Alessandra perguntou se eu prepararia um uísque para ela. "Com todo prazer", eu disse, surpreso e contente com aquela cumplicidade, pois assim nem sentia falta de minhas conversas de botequim. Menos falta ainda senti quando Alessandra, com um sorriso encantador, já sentada ao meu lado, disse um "E então?", que parecia subentender várias coisas, todo um tempo passado, embora não falássemos disso, como se não houvesse lugar para saudosismos.

Mas imediatamente senti que algo se revitalizava dentro de mim e fiquei desolado quando, mais ou menos meia hora depois, Alessandra levantou-se para ir embora. E fui dar-lhe um beijo de despedida.

Nem sei a quem atribuir as intencionalidades quanto ao que aconteceu em seguida. Talvez a Simone, que devia ter informado Alessandra de que eu também estava para sair. Que, normalmente, já teria até saído. Ou talvez a Alessandra, que me disse:

"Se quiser, posso te deixar em algum lugar."

"Se não for problema para você."

"Claro que não é problema, querido."

No elevador, sorríamos um para o outro e pelo menos eu estava encabulado, pelo reencontro com ela, tão mudada em alguns aspectos, como a elegância no vestir. Mudança que verdadeiramente se concretizou quando, já na rua, Alessandra puxou-me pela mão e me conduziu até um carro negro cuja marca eu não sabia identificar, pois nunca liguei para carros, nunca tive um, mas sabia que aquele era um carro luxuoso, embora sem ostentação. Mas impressionado mesmo fiquei quando um homem negro, bastante bonito, usando um terno também negro, saltou do banco do motorista e veio abrir a porta traseira para nós. Alessandra fez um sinal para que eu entrasse, o que pensei que era por comodidade sua, mas não. Ela bateu a porta e sentou-se ao lado do motorista e percebi que ela se sentiria incomodada sendo transportada no banco traseiro por um empregado.

Depois virou-se para trás e perguntou o meu destino. Dei-lhe o endereço do bar que frequentava — este bar, caros companheiros —, e Alessandra perguntou ainda se eu me importava que ela fumasse, pois sabia, pela irmã, que eu era um grande fumante. "Eu abro a janela", acrescentou. "Nem precisa", eu disse, mas ela abriu assim mesmo. Mas o espanto maior, um espanto bom, diga-se de passagem, foi quando ela tirou da bolsa uma cigarrilha, acendeu-a com o acendedor do carro, que imediatamente foi tomado por um cheiro adorável. Devia ser uma cigarrilha estrangeira, pensei — e talvez isso tenha contribuído para que eu tivesse um prazer maior do que o habitual fumando o meu cigarro.

Alessandra, não se importando, pelo menos não muito, com o motorista, deixava ver parte das suas pernas. Isso, somado ao perfume da cigarrilha e ao gesto sensual de manter essa cigarrilha no centro da boca, segurando-a com os dentes, fez com que o meu pau passasse por uma verdadeira ressurreição.

Ao parar diante da galeria bastante modesta do botequim, na praça Serzedelo Corrêa, em Copacabana, ela disse:

"Você tem mesmo certeza que quer ficar aí?"

Aquela pergunta me deixou indeciso e com uma pequena esperança:

"Você sugere algum outro lugar?"

Ela foi firme:

"Sim, sugiro. O meu pequeno apartamento. Podemos tomar alguma coisa lá, por que não? Não posso demorar porque vou a um casamento, mas há tempo suficiente para tomarmos alguma coisa."

"E o seu marido?"

"Meu marido mora em São Paulo, querido. E esse é *o meu* apartamento."

"Então vamos."

Foi suficiente que eu entrasse naquele pequeno apartamento, em Santa Teresa, para que me sentisse partilhando um espaço íntimo com Alessandra. Como se o meu pau tivesse vida própria, ele endureceu. Alessandra olhou para ele meio de lado e riu, sem que eu notasse algum deboche da parte dela — parecia até compreensiva —, mas, mesmo assim, senti-me obrigado a dizer: "Oh, me desculpe".

Estávamos a três passos um do outro.

"Desculpar-se de quê, querido? Posso fazer alguma coisa por você?", e aí ela riu abertamente, ironicamente. Embora sentisse o rubor tomar as minhas faces, aproximei-me dela, abracei-a e tentei beijá-la, mas ela se afastou delicadamente.

A partir daí, passei por uma experiência das mais inesquecíveis, embora possa parecer que nem foi tanto assim. Alessandra foi tomar um banho enquanto fiquei sentado numa poltrona, bebendo e fumando, observando o apartamento. E gostei de ver uma certa desordem, com discos e livros espalhados pelo chão da sala. Quando saiu do banheiro, ela estava enrolada numa toalha. Usando um secador de cabelo, deixou, talvez por descuido, cair a parte de cima da toalha, por uma fração mínima de tempo, pois logo se cobriu outra vez, rindo.

Mas aquele tempo mínimo foi suficiente para eu perceber, pela pequenez firme dos seus seios, que era como se alguns anos não houvessem passado desde a sua adolescência. Quase perdi a respiração. Também me lembrei daqueles tempos quando ela caminhou até um armário, que dava para eu ver dentro do seu quarto, onde pegou um vestido, no meu entender elegantíssimo, e começou a vesti-lo pela cabeça, fazendo a toalha cair aos poucos, à medida que se vestia.

Foi uma reação muito natural que eu continuasse excitado, e isso não escapou a Alessandra, que riu de novo, maliciosamente, e logo já estava sentada, de lado, sobre a pontinha dos meus joelhos, enquanto com as duas mãos achou por bem segurar, bem de leve, a minha nuca. Fora tudo muito rápido e, sentada assim de lado, em meus joelhos, era como se os seus gestos não ultrapassassem os limites do parentesco. E ela até comentou:

"Puxa, até que enfim te encontrei em casa. Já cheguei de viagem há mais de um mês."

Achei-me na obrigação de me justificar, até com sinceridade. Que, desde a gravidez de Simone, mesmo quando esta não vingou, não sentíamos mais desejo um pelo outro e eu saía praticamente todas as noites. Ela havia visto com os próprios olhos que Simone já tinha o seu quarto.

"É natural isso", disse Alessandra. "Um casamento tem várias fases. E Simone já me contou tudo."

Num gesto que também me pareceu o mais natural possível, pousei uma das mãos numa das coxas de Alessandra, mas o que aconteceu é que ela se levantou depressa.

"Oh, me desculpe", achei-me na obrigação de me justificar outra vez. Porém Alessandra riu com gosto:

"Desculpar-se de quê, querido? Eu entendo." E riu escancaradamente: "Eu entendo tudo". E foi sua vez de se explicar, um tanto ironicamente:

"O casamento, tenho de ir ao casamento."

E logo já estava de pé, ajeitando o vestido sobre o corpo. Fora tudo muito rápido e gracioso, assim como foi o ato dela de apoiar-se, logo a seguir, em um dos meus ombros, para calçar os sapatos de salto alto, gesto que, para mim, demonstrava um alto grau de familiaridade, para não dizer intimidade. E logo já estávamos à porta, Alessandra dando-me o braço.

O motorista nos esperara durante esse tempo e, dessa vez, Alessandra preferiu sentar-se no banco de trás junto comigo, com as pernas encostadas na minha. Eu já me sentia completamente seduzido. Mas novamente foi tudo muito rápido, pois logo estávamos diante da igreja de Santana, bem no centro da cidade.

"Sinto não poder te deixar no seu bar, querido, mas quero ver se ainda pego a hora dos cumprimentos."

Quando o carro parou, desci junto com Alessandra e foi bonito vê-la apenas me acenando com o gesto de um beijo e logo encaminhar-se com um andar altivo para a entrada da igreja, não sem antes dizer: "Vê se me liga. O Antônio pode te deixar onde você quiser".

Eu não tinha o número dela. Mas com toda a certeza o acharia com facilidade no celular ou na agenda de Simone.

Preferi dispensar os serviços de Antônio, o motorista negro. Não me sentiria à vontade sozinho com ele naquele carro. Então peguei um táxi e vim para o bar, onde saberia que encontraria vocês.

Naturalmente, Alessandra estivera usando um perfume muito agradável. Mas não passou pela minha cabeça que aquele perfume tivesse me impregnado tanto. Porém, foi mais do que esse vestígio em meu corpo e minhas roupas que me denunciou, me entregou, para vocês, meus companheiros. "Olha só como ele está", falou um de vocês. Já outro disse: "Entrega logo quem é a garota, que nós também queremos". "Não seja egoísta", alguém mais disse. Sim, foi também algo no meu estado de espírito que me entregou, pois eu senti que estava orgulhoso do que havia acontecido naquele fim de tarde. Senti que estava mais ereto, aprumado. Mas todos os comentários de vocês, os que estavam ali naquela tarde, vinham acompanhados de risadas obscenas. Senti até o fundo de mim o quanto vocês eram feios e cafajestes; como era vulgar o gênero masculino, comparado ao feminino. E, antes que pudesse me conter, dei um soco na mesa, fazendo voarem copos e garrafas. E dei-lhes as costas em silêncio e saí para a rua, vocês devem lembrar-se muito bem.

E, naquela tarde, iniciei um hábito que se estenderia pelo tempo em que mantive um relacionamento com Alessandra. Sentar-me sozinho à mesa de algum bar que me agradasse, depois de meus encontros com ela, e pensar no que havia se passado entre nós, reviver aquilo sozinho, o que me deixava feliz e realizado.

Cheguei em casa meio embriagado naquela noite, mas Simone estava acostumada com isso e não demonstrou contrariedade, embora eu não duvidasse nem um pouco que ela intuísse que se passara alguma coisa entre mim e Alessandra. Mais ainda, que isso contasse com a sua total aprovação. Mas se assim era, ela disfarçou, pois chegou a falar um pouco naquilo que a mobilizava naquele tempo, que era apenas a defesa de sua tese, depois da interrupção da gravidez. Fiz o possível para concentrar-me em suas palavras, mas estava aéreo, tomado pelas experiências do dia, e Simone, gentilmente, perguntou-me se eu precisava de alguma coisa. Diante da minha negativa, ela balbuciou alguma coisa sobre se recolher e de fato fez isso, indo para o seu quarto.

Foi uma noite agitada para mim, quando passei em revista, minuciosamente, excitado, tudo o que acontecera comigo, de forma um tanto escorregadia, naquele dia. Fumei desbragadamente e, no meio da madrugada, não resisti à tentação, fui até a sala e anotei no meu celular, com a mão trêmula, os números de telefone de Alessandra, que peguei no celular de Simone. Depois, aproveitando que me levantara, servi-me fartamente de uísque.

* * *

A minha primeira transa de verdade com Alessandra, lembro-me bem, foi de uma espontaneidade e delicadeza sem igual. Estava eu bebendo e fumando na sala, certo início de madrugada, quando o celular de Simone, que ela deixara sobre a mesa baixa diante do sofá, tocou. Como Simone dormia pesadamente com os seus remédios, dei uma olhada na tela, movido pela curiosidade. E estava lá o nome de Alessandra gravado. O telefone parou de tocar e depois tocou novamente. Num impulso, resolvi atender. Logo reconheci que a ligação vinha de um ambiente onde tocava uma música na maior altura, o que não me impediu de escutar a voz de Alessandra. Um pouco embriagada, ela enrolava a voz e choramingava, mas entendi que perguntou se dava para chamar Simone. Eu disse que Simone já estava dormindo, mas que, se ela quisesse mesmo, eu a acordaria. Ela não disse que sim nem que não e perguntei se estava acontecendo alguma coisa. "Não está, mas pode acontecer. Eu estou muito sozinha. Numa boate cheia de gente, aqui em São Conrado, mas sozinha e sendo assediada. Vim com uns amigos, mas todos já foram embora. Posso chamar um Uber, mas estou meio insegura de ir com um desconhecido até Santa Teresa." Perguntei se não dava para ela chamar o Antônio. "Não, o Antônio não, ele não parece, mas é um empregado e está de folga. Por que não vem você?"

Meu coração acelerou, pois entendi que aquele era um momento crucial e que eu não podia falhar. Disse que iria, embora não desse muito para confiar no seu estado, quando ela me explicou que era uma boate chamada Venusiana, entre São Conrado e o Vidigal. Mais para o lado de São Conrado, próxima ao Hotel Nacional.

Perto do meu prédio, no início da ladeira da Glória, em

frente à Nona Delegacia Policial, há um ponto de táxi. De tanto usá-los, acabei por conhecer todos os motoristas e fui direto num cara que tinha o apelido de Pacífico, de tanto se meter em brigas. Sabia que ele também prestava serviços aos policiais, quando era preciso. Perguntei se ele conhecia uma boate chamada Venusiana, em São Conrado, e ele disse que sim, claro. Como falei também que tinha pressa, ele partiu a toda velocidade para lá.

Logo que chegamos, entrei na boate e vivi um momento de tensão, pois vi que Alessandra, usando calça jeans e camiseta branca, que lhe davam um ar juvenil, dançava aparentemente sozinha no meio do salão, mas na verdade cercada por dois caras que tentavam dançar com ela. Cheguei perto deles e tentei fazer com que ela me visse. Com os olhos semicerrados, ela não pareceu se dar conta de mim a princípio, mas depois me viu, chegou até mim e caiu molemente nos meus braços. Os dois caras, ambos bem mais fortes do que eu, em um passo chegaram até nós e cada um segurou um dos meus braços, mas eu, com uma coragem que nem sabia ter, desvencilhei-me deles e levei Alessandra até o balcão, onde ela pagou a sua despesa com um cartão. Os dois sujeitos nos ladeavam, mas puxei Alessandra depressa para a porta. Lá fora, continuamos a andar, ainda mais depressa. Olhei para trás e vi que os caras nos seguiam e tive muito medo. Mas foi Alessandra quem gritou com eles, com o celular na mão, dizendo que ia chamar a polícia. Então eles pararam e um deles gritou: "Vai, sua vagabunda".

Alessandra então começou a andar devagar, me puxando pelo braço, ofegante, como eu também estava. Andamos mais duas quadras, até que Alessandra sentou-se no meio-fio e fiz o mesmo. Aos poucos, nossas respirações voltavam ao normal e Alessandra chamou a minha atenção para o que eu já reparara. O silêncio era bem maior ali do que na verdadeira cidade imensa, mais afastada; havia até um barulhinho de grilos, uma escuridão maior da noite, que nos permitia ver mais estrelas do que eu, pelo menos, estava acostumado. Ela aconchegou-se a mim, com a cabeça no meu ombro, e enlacei-a, evitando que minha mão escorregasse até os seus seios, para não me aproveitar dela naquele estado.

E o que aconteceu entre nós é que ficamos ali sentados no meio-fio, de braços dados, as pernas se encostando apenas levemente, como se fôssemos namoradinhos. Era como se vivêssemos numa época um pouco posterior ao tempo em que éramos três na cama de Simone.

"Você se lembra?", ela perguntou, adivinhando os meus pensamentos.

"Claro que me lembro", eu disse, apertando um pouquinho o seu braço, apenas um pouquinho.

"Você não sabia como me atraía", eu disse, "mas havia Simone e a situação toda da casa e a sua idade, claro."

Espantei-me com o que ela disse em seguida, pois pensava que era justamente o contrário:

"Você era muito ingênuo e não sabe como também me atraía, mas de um jeito muito especial."

"Você?"

"Sim, eu. Eu me mostrava para você, mas havia também Simone. Nós duas éramos muito ligadas."

"Sim, eu sabia."

"Mas talvez não soubesse como."

Pensei um pouco e falei:

"É, talvez não soubesse mesmo. Mas ficava muito excitado. Você não imagina quanto."

"Já eu tinha apenas uma noção de que as coisas eram assim e não dava nome a elas."

Para certa surpresa minha, Alessandra então me beijou. Foi um beijo de leve, como se ela se desse conta de que éramos cunhados. Ou… namoradinhos. Quando tentei enfiar a língua na sua boca, ela afastou delicadamente o rosto: "Outro dia, querido, outro dia". E levantou a mão para a fila de táxi na porta do hotel, mais ao longe. Um motorista percebeu o aceno e veio em nossa direção.

No táxi, eu dava a mão para ela e falava baixinho:

"Às vezes, você me parece duas pessoas, Alessandra."

"Sim, duas pessoas, ou vai ver até mais. Você ainda não viu nada", ela deu uma risada.

"Você sozinha naquele antro, com dois caras que pareciam selvagens, com aquela música eletrônica ensurdecedora e, de repente, refugiando-se em mim."

"Sim, no cunhado", ela riu.

E voltou a pousar a cabeça no meu ombro, permaneceu assim e era possível até que dormisse. Na porta do seu prédio, desci para deixá-la, e voltamos a nos beijar, um pouco mais do que lá no meio-fio, mas menos, bem menos, do que se fôssemos namorados fixos. "Você é um amor, Júlio", ela disse, e já ia entrar no prédio quando, num impulso, a puxei pela mão, fazendo com que nos beijássemos, dessa vez sem restrições. Só posso dizer que foi maravilhoso, e renovou tudo o que senti aquela tarde em seu apartamento.

Foi uma emoção intensa beijar Alessandra, foi também como voltar no tempo, só que eu me dava conta de que nunca estivéramos tão próximos assim em tempos passados. Foi absolutamente natural que eu entrasse em seu edifício junto com ela, que continuava a apoiar-se em meu braço, um pouco vacilante.

Dentro do seu apartamento, ela se deixou cair para trás e tive de ampará-la. Posso dizer em minha defesa que ela não estava totalmente bêbada quando comecei a desabotoar sua blusa, pois sorria, talvez não exatamente para mim, mas para ninguém, ou alguém invisível. Fiz ela deitar-se na cama e mais uma vez na vida senti uma emoção intensa ao contemplar seus seios. Porém, foi a primeira vez que acariciei esses seios, enquanto tirava minha camisa. E fiz Alessandra erguer seu tronco, continuando a ampará-la pelas costas. E nos beijamos longamente, ela com os olhos fechados, mas totalmente entregue. E me dei conta de que a Alessandra que estava comigo era uma Alessandra de um tempo em que não estivéramos próximos, depois do casamento de ambos. Mas uma Alessandra ainda juvenil.

Depois fiz com que ela tornasse a se deitar e, talvez porque estivesse embriagada, não sei, começou a tirar a minha roupa, enquanto eu retirava o resto da sua. E ali, nus, enquanto eu a penetrava, tive uma noção exata dessa sua leveza e magreza no limite certo, enquanto eu vivia uma intensa emoção. Talvez porque ela estivesse um pouco embriagada, não sei, mas foi um gesto absolutamente natural que ela tivesse ficado nua comigo na cama. E também que me ajudasse a tirar minha roupa. Talvez não devesse estragar com palavras o que aconteceu entre nós. Mas o certo, também, é que, descrevendo-o, é como se revivesse tudo agora.

Não pretendo, de modo algum, descrever todas as minúcias da nossa transa, mas talvez seja oportuno revelar que eu evitava pesar sobre o seu corpo, tão mais leve que o meu. E quero dizer que Alessandra, nua sob mim, era magrinha e juvenil, com as pernas apenas entreabertas, como se ela se defendesse. No entanto, não resistiu a que eu a penetrasse. Embora eu tomasse todos os cuidados, logo estava dentro dela, e me impressionou que pudesse mergulhar tão fundo no seu corpo, como se ela não fosse um ser quase juvenil. E me impressionou mais ainda que aquele ser, com os olhos fechados e parecendo dormir serenamente, desse pequenos gritos, não deixando dúvidas de que gozava, o que me permitiu também falar em seu ouvido obscenidades, baixinho, quase mudas, como se estivesse com uma donzela. Por isso mesmo obscenidades que prefiro omitir aqui, para ser fiel ao clima que rolou entre nós.

Depois, percebi que Alessandra estava dormindo sob mim. Achei melhor deixá-la assim e, cuidadosamente, suspendi meu corpo, pois tive receio de que ela despertasse e, subitamente lúcida, caísse em si e estranhasse que estivéssemos os dois nus em sua cama. Afinal, éramos cunhados. E, apesar da relação tão interessante que tivéramos naquela outra tarde, havíamos parado em certo limite, que aliás era o que deixara a coisa tão rica e interessante, inesquecível.

Enquanto, de pé, vestia as minhas roupas, eu a contemplava dormindo nua e entregue, e não pude deixar de pensar em Simone, nas vezes em que a comera dormindo — teria eu um certo padrão? —, mas tive certeza absoluta de que amava Alessandra, sempre a amara.

A porta do apartamento, por dentro, fechava apenas com uma tranca. Abri-a, tomei o elevador e saí para a rua. Fui descendo as ladeiras desertas de Santa Teresa e sentia vontade de cantar e gritar, anunciando ao mundo a minha felicidade. Porém a felicidade era uma coisa silenciosa e era bom, isso.

Eu não pensava em outra coisa senão me encontrar outra vez com Alessandra. Mas, sendo um homem discreto, para não dizer tímido, preferia que nosso encontro se desse de forma natural, para sondar os seus sentimentos. Pois ela podia até pensar que eu me aproveitara dela, embriagada. Mas, cedo ou tarde, eu sabia, ela viria ver Simone, e isso aconteceu três dias depois daquela madrugada. Estava eu sentado no sofá, tomando um uísque, quando Simone saiu de seu quarto e veio me dizer que Alessandra lhe passara um zap e viria dali a pouco nos visitar.

Sim, ela usou o pronome no plural, mas fiquei tão nervoso

que pensei em sair e ir para o nosso bar, companheiros. Ainda hesitava quando a campainha tocou e, atendendo a um pedido de Simone, fui abrir a porta com o coração batendo mais forte.

Porém, o que aconteceu é que Alessandra me cumprimentou da maneira mais natural possível, em se tratando de cunhados, me dando um beijo em cada face e um abraço que senti como cordial, não mais que isso. E disse apenas: "Como vai você, Júlio?", e respondi no mesmo tom. Depois, quando já estávamos os três sentados na sala e Alessandra também tomava um uísque, o que não deixei de notar, ela comentou, tranquila, com Simone: "Ainda não agradeci direito ao Júlio, pelo socorro na outra noite". Aí Simone disse: "Pois é, a mim ele não disse nada. Se não fosse você a me contar, eu nem ficaria sabendo". "Vou convidá-lo para jantar, para agradecer direito", Alessandra disse. "Se Simone não se importar, é claro." "Eu, me importar?", protestou Simone. "Fico feliz de vocês estarem se dando tão bem." Haveria alguma ironia, ou malícia, na fala de Simone, ou estaria isso em mim?

Dali a dois dias, Alessandra me telefonou e combinamos de ela passar para me pegar às nove da noite. Simone se despediu de nós à porta, o que me deixou em dúvida se ela era muito inocente ou liberal demais. Não tinha a menor ideia sobre até que ponto Alessandra contara sobre o nosso encontro da outra noite. Pensei que o jantar seria no apartamento de Alessandra e que ela até cozinharia para nós. Mas nada disso. Alessandra, que dessa vez estava na direção do carro, me levou até um restaurante japonês no Leblon. O pisar nos pedais fazia seu vestido — outra vez elegante — erguer-se até o alto das coxas. Porque aquilo me excitava, ou porque podia ser uma provocação, cheguei até a aproximar minha mão dessas coxas tentadoras para tocá-las. Mas Alessandra já tinha posto uma cigarrilha entre os dentes e pediu-me que a acendesse para ela. Então acabei por não tocar as coxas de Alessandra, que, se percebeu o que eu estivera prestes a fazer, não o demonstrou.

No restaurante, fazendo as honras da casa, ambos pedimos saquê e fizemos nossas escolhas. Conversamos um pouco e o assunto, puxado por Alessandra, a princípio foi Simone, como se Alessandra quisesse deixar bem claro os nossos respectivos papéis. No entanto, como a mesa era pequena, nossos joelhos ficaram bem próximos. Mas a bebida me deu coragem e, sem fugir do assunto Simone, narrei o episódio entre mim e sua mãe, os joelhos quase se tocando na varanda da casa dela. Alessandra deu uma gargalhada e, como se o próximo passo a ser dado fosse necessariamente esse, encostou levemente os seus joelhos nos meus. Encorajado por esse gesto e pela bebida, abandonei minha timidez e disse: "Acho que sofro de um apego, uma atração, pela sua família". Alessandra tornou a rir e disse: "Você foi um amor na outra noite, Júlio", e tocou no dorso da minha mão, o que me levou a ir adiante, bem seguro de mim, e dizer: "Adorei ficar com você. Tenho medo de me apaixonar". Alessandra então ficou bem séria e disse:

"Amigos, Júlio. Foi legal na outra noite, mas nunca seremos mais do que amigos."

"Sim, amigos, claro", eu disse, encabulado, e senti que enrubescia. Ficamos certo tempo em silêncio, tive medo de que eu houvesse afugentado Alessandra, ergui minha taça de saquê e disse: "À nossa amizade". O rosto de Alessandra se desanuviou e ela também disse, fazendo sua taça tocar na minha: "À nossa amizade".

Continuei com minha taça levantada e, não sei de onde tirei a coragem para saudar, recitando: "*Enivrez vous de vin, de poésie ou de vertu* (realcei esta última palavra), *à votre guise*".

"*Il faut être toujours ivre*", arrematou Alessandra. E tive certeza, queridos companheiros, de que havia uma cumplicidade entre nós desde os primeiros tempos passados na casa de Simone, era preciso apenas cultivá-la. Tanto é que Alessandra nem me perguntou nada, ao me levar para o seu apartamento.

Não pretendo, nem quero, narrar em minúcias as nossas transações, como fiz em relação a Simone, curiosamente até por certo ciúme de Alessandra e também para evitar certa monotonia narrativa. E pretendo me ater ao essencial nesses encontros. Mas devo dizer que foi uma grata surpresa descobrir que Alessandra também bebia habitualmente, não fora apenas no encontro que me levara a transar com ela pela primeira vez. Uma informação que julgo interessante colocar nesta espécie de relatório, levando em conta o seu público-alvo.

Com certeza foi uma temeridade ela dirigir meio embriagada, embora mostrasse boa resistência, do restaurante japonês até Santa Teresa, felizmente sem atrair a atenção de nenhum guarda de trânsito. Mas o que realmente importa é que ela se sentou nua sobre mim, com um copo de uísque na mão. E ria o tempo todo e foi capaz de dizer coisas como: "Como é bom foder com você assim, querido". E a posição em que estava permitiu que eu acariciasse os seus seios, pensando também na adolescente que ela fora, mas dizendo apenas: "Como foi bom te reencontrar Alessandra. Como faço para te rever?".

Ela foi categórica:

"Deixa eu te procurar, querido, e vou ter de dar um tempo. Entre outras coisas, meu marido está para chegar. Mas amigos não se cobram, não é verdade?"

Logo depois ela já adormecera, como na primeira noite, e achei de bom-tom cair fora, indo para o bar em que bebia sozinho, revivendo o que se passara comigo. Tive certo ciúme daquele marido e Deus sabe de quem mais. Fiquei também inseguro com aquele tempo que ela queria se dar, mas, pensando bem, era preciso deixar que Alessandra sentisse a minha falta. E, sobretudo, eu estava feliz.

Dali a duas semanas ela me telefonou. E fomos de novo jantar num restaurante. Notei que ela estava meio aérea, pensativa. Distante, talvez. Não nos tocamos, conversamos sobre vários assuntos e ela não demorou a contar uma experiência que visivelmente mexera com ela:

"Sabe o meu marido?"

"Sim, claro", eu disse, tentando aparentar uma indiferença que estava longe de sentir, assumindo o papel de amigo e confidente.

"Ele me levou para dar um passeio de planador."

"Ah, ele pilota planadores?"

"Aprendeu em São Paulo, e fizemos amor (*sim, foi esta a expressão que ela usou, sonhadora*) lá nos céus. Foi uma experiência maravilhosa. Eu sentada no colo dele. Aquele silêncio absoluto, a não ser pelo vento nas asas e nossas respirações ofegantes."

Pensei que jamais poderia competir com um homem daqueles e não resisti à tentação de botar para fora o meu sentimento de inferioridade:

"E em mim, o que você vê, Alessandra?"

Ela apertou carinhosamente a minha mão e disse:

"Você foi meu primeiro homem, amor, e isso marca, ainda mais porque foi tudo muito bom."

Tudo mudou como num passe de mágica, e passei em um segundo do ressentimento à felicidade. Alessandra me deu um beijo na boca e logo já estávamos em seu apartamento. Não pretendo, como já disse, narrar as minúcias de minha transa com Alessandra para não conspurcá-la com grosserias. Mas digo com alegria que ela tomou uma chuveirada, deixou a porta do banheiro aberta, saiu enrolada numa toalha e depois pôs a calcinha e pegou, no armário, outro vestido, elegante como sempre, apesar de caseiro, e vestiu-o na minha frente. E posso dizer, com certeza, que uma mulher se vestir na nossa presença é tão excitante quanto ver ela se despir. E tivemos outra transa delicada, como se voltássemos atrás no tempo e completássemos o que não fora possível realizar naquela época. E nos deixamos ficar ali, abraçadinhos, por um bom tempo, mas não exageradamente, pois eu já sabia como devia me comportar com a Alessandra adulta.

Então aconteceu aquela noite cheia de surpresas, embora houvesse, desde o princípio, uma predisposição. Chovia de maneira contínua e fininha e eu me sentia melancólico. Mas há uma melancolia na chuva que me deixa absolutamente cioso de ser eu mesmo, feliz talvez. E o telefonema de Alessandra tornou as coisas absolutamente perfeitas. Quando eu disse alô, ela perguntou: "Como é que você está?". "Difícil explicar", eu disse. Então ela falou com a mais absoluta certeza, mas com uma voz nem um pouco autoritária:

"Você está bebendo e fumando, sentindo-se melancólico com a chuva, e no entanto não pode dizer que não está gostando. Mas vou dizer duas frases de um poema do autor que sei que você ama. Se você disser qual é, tenho um prêmio a te dar. Mas tenho certeza de que vai ser fácil, você vai gostar."

Alessandra fez uma pausa e, por alguma ligação mágica entre nós, ou porque não podia ser outro o poema, disse, com uma voz absolutamente adequada aos versos:

"Je suis como le vieux roi d'un pays pluvieux
riche, mais impuissant et pourtant très-vieux."

Foi de imediato que eu disse *Spleen* e Charles Baudelaire. *Fleurs du mal*. Alessandra tinha me ganhado para sempre com aquelas duas estrofes. Ela bateu palmas e disse: "Agora você venha imediatamente para cá que eu quero lhe oferecer um presente. Preciso lhe mostrar meu quarto e um quadro. Isso se você quiser, é claro. Mas me dê uma hora, para eu arrumar o quarto".

"Mas você precisa me dar o endereço, claro, porque naquelas outras noites foi tudo tão, tão... que não o guardei."

Chamei um Uber, que me deixou no pequeno edifício em Santa Teresa onde Alessandra tinha um estúdio, que, me dei conta outra vez, era em tudo adequado a ela. Só que, dessa vez, estava muito bem arrumado, como ela própria, Alessandra, vestida com apuro, o que, notei, era uma característica sua, só diferente lá em São Conrado, embora não vá descrever seu vestido, porque não tenho jeito para isso. Mas não me escapou que era curto. Alessandra me fez sentar no sofá, deixou sobre ele um cinzeiro com uma cigarrilha acesa e pediu que eu a aguardasse, enquanto ela ia até a cozinha.

A volta de Alessandra foi esfuziante, porque ela retornou rindo, trazendo um balde com gelo e uma garrafa de champanhe e abriu-a ela mesma, enquanto eu segurava o balde. Quando a rolha da garrafa explodiu e bateu no teto, Alessandra deu uma série de vivas e enlaçou o seu braço no meu, assim bebemos os primeiros goles e, mesmo sendo um bebedor de uísque, achei que a bebida estava divina.

"Obrigado pelo seu presente, minha querida, jamais podia imaginar. É perfeito."

"Para combinar com Baudelaire."

Alessandra voltou a fumar a cigarrilha, enquanto eu fumava um cigarro normal.

"Não, nada disso, meu amor, o presente é outro, mas apenas para você ver." E foi me puxando para o quarto, que estava arrumado impecavelmente, nenhuma roupa ou livro fora do lugar. Mas o que se destacava mais, por ser apenas um, era um quadro, de tamanho médio, na parede em frente à porta. Nele eram retratadas algumas mulheres, que pareciam se exibir num salão, usando roupas chiques, mas provocantes, de uma maneira que beirava o vulgar. Aproximei-me da pintura e disse:

"Mas são só mulheres", comentei. "Ao mesmo tempo chiques e vulgares."

"Sim, é bem isso, mas onde você acha que elas estão?"

"Um salão, pode ser?"

"Não deixa de ser, querido. Um bordel."

"E as mulheres são prostitutas, claro?"

"De certo modo sim, mas são todas amigas ou conhecidas minhas. E da melhor sociedade. Ficaram encantadas de posar como putas. Pode reparar que elas se oferecem. A clientes que estão fora do quadro. Aliás, o quadro pertence a uma delas. Tomei emprestado só para mostrar a você. Gostou de alguma em especial?"

"Gosto de todas", eu disse.

"Mas pode reparar em cada uma delas, não tenha pressa", Alessandra sorriu e parecia guardar algum mistério.

Fiz como ela indicava e comecei a reparar, uma por uma, em cada mulher da pintura. Em primeiro plano, à direita, uma delas era vista de perfil, atrás de um balcão, sentada numa banqueta, diante de uma caixa registradora e escrevendo num caderno. Pensei que ela devia estar anotando os deves e haveres da freguesia, até porque havia fichas e falsos euros sobre a bancada. Mas dava para perceber que não era uma simples empregada, pois havia também, à sua frente, uma taça de champanhe igual às nossas e cheia até a metade. E, na pose e perspectiva em que ela se encontrava, seu vestido se levantara até o alto de suas coxas, em que havia ligas prendendo meias que pareciam de náilon. Fiquei em silêncio, mas Alessandra me incentivou:

"E a moça que está lendo, qual é o livro?"

De fato havia uma moça com um livro aberto nas mãos, parecendo concentrar-se na leitura, mas seu gesto não era nada inocente, pois, com as pernas afastadas, ela deixava ver até sua calcinha, que era azul. Não dava para ver o nome do autor, mas o título, a custo, pude decifrar:

"Mas é *Albertine*", festejei.

"Muito bem", Alessandra disse. "O pintor é sofisticado e não faz por menos. Apesar de toda a figuração meio fora de época. Não admira que todas essas mulheres da nossa melhor sociedade tenham concordado em posar para ele, talvez algo mais", Alessandra riu ironicamente. "E todas amaram fazer o papel de putas. Mas e essa outra linda jovem, meio geométrica, ajoelhada contra a parede, como se em desespero, junto à janela. Te dou um doce se você adivinhar quem é."

"Confesso que não sei. Mas parece que ela está grávida", eu disse, depois de pensar um pouco.

Alessandra falou, triunfante:

"É Jeanne Hébuterne, amor, a jovem amante de Modigliani que saltou da janela quando ele morreu, já enfraquecido pelo álcool e pelas drogas, como frequentemente acontece com artistas. Levou um filho com ela, pois estava grávida de nove meses. Tudo é terrível, mas é também uma história de amor, mais radical do que Romeu e Julieta."

Eu me sentia perdidamente excitado com o conhecimento de arte de Alessandra e seu humor também fino, como o do pintor. Ela não estudara botânica, como aspirara na adolescência. Na verdade, não cursara nenhuma faculdade formal e adquirira cultura simplesmente lendo, vivendo, viajando, e se transformara na mulher extremamente sedutora que eu tinha ali à minha frente.

Voltando ao quadro, fomos em frente. Havia duas outras moças que dançavam graciosamente com o rosto colado, com passos que pareciam de um tango, diante de uma eletrola dessas antigas. Alessandra foi logo me revelando que representavam elas mesmas, com muito gosto, ela disse cinicamente. São amantes e queriam ser elas mesmas. Disse ainda que uma delas, que gostava de espicaçar o marido, era a dona do quadro.

"Mas e a mulher que está servindo champanhe, com taças e uma garrafa sobre uma bandeja?", perguntei. "Me parece que há algo de falso nela."

"Muito bem", Alessandra disse. "Não é uma mulher, mas uma transexual. O pintor gosta de dizer que faz uma arte degenerada e que isso irrita os fascistas. Repare que ela foi retratada em primeiro plano, oferecendo champanhe aos frequentadores do bordel, invisíveis."

Eu aprendia depressa e disse para Alessandra:

"Sim, estou gostando dessa arte degenerada. Como aquela mulher com uma perna sobre o sofá, numa pose obscena, sem calcinha, se oferecendo a esses frequentadores, para não dizer aos contempladores do quadro, excitados como eu estou agora, veja."

O fato é que meu pau estava duro, *oferecendo-se* a Alessandra, que pareceu morder a isca, aproximando-se de mim e acariciando-o levemente, de um jeito encantador, que me excitou tremendamente. Mas ela parecia distraída e disse, talvez como uma falsa reprimenda:

"Acabou?"

Pensei que talvez ela se referisse a um clímax e podíamos então... Mas fui cauteloso:

"Acabei o quê?"

"Com o quadro?", disse Alessandra, tirando a mão de meu pau, como uma espécie de reprimenda. "Não está faltando alguma coisa? Faltando alguém?"

Olhei para os olhos dela que estavam olhando para o fundo da pintura e então me toquei. Havia uma mulher nua, esguia, bela, mas retratada em dimensões pequenas, descendo uma escada que vinha de lugar nenhum. A mulher era ninguém menos que Alessandra.

"Mas é o *Nu descendo uma escada*", exclamei. "E a mulher nua é você."

Olhei para Alessandra, quase encostando em mim, às minhas costas, e ela sorria satisfeita:

"Que tal?", ela disse.

"Linda, adorei. E sinto um grande tesão por ela. Você não ficaria toda nua para mim, como ela? E eu te comeria toda magrinha, como no quadro, desculpe-me ser tão franco."

"Tudo bem, mas eu não ousaria. Já me basta ter posado para o pintor."

"Você acha um desrespeito com Duchamp?"

"Não sei, iconoclasta como era. Mas não sei se ele aceitaria que despíssemos sua mulher cubista e futurista. Esses artistas de vanguarda gostam de pastichar os outros, mas quando os pastichamos costumam levar a sério e ficar putos da vida. Além do mais, o pintor da obra, Carlos Rodrigues, é atacado por alguns críticos, que o consideram um realista anacrônico. Então vamos fazer o seguinte. Também fiquei excitada. Não há nenhuma das outras mulheres que excite você? Posso tornar-me uma delas."

Dei uma geral rápida no quadro e não demorei a escolher a mulher elegante com um dos pés sobre a poltrona, deixando ver até sua xoxota, e disse isso para Alessandra.

"Já que é arte degenerada, quero essa, numa pose obscena, se oferecendo aos frequentadores do bordel, para não dizer aos contempladores do quadro, como eu", acrescentei. "Veja", e fiz um gesto de cafajeste, acariciando o meu pau.

Alessandra não se fez de rogada. Nem precisou trocar o vestido e os sapatos de salto alto. Tirou apenas a calcinha na minha frente, o que me excitou mais ainda.

"Agora vem, não percamos tempo, amor", ela disse. E logo depois que eu cheguei junto dela e enfiei minha mão entre suas pernas, ela atirou longe sua taça e a cigarrilha e arrancou o vestido pela cabeça. Deitou-se nua, e disse: "Me come, como se come uma puta. Então lembre-se, nada de beijos". Dito isso, abriu as pernas. Se era para jogar o jogo, eu o jogaria, e tirei minha roupa rapidamente. Alessandra fez um gesto rápido, apenas para vestir-me a camisinha, e entrei dentro dela. Entrei fundo. Alessandra mantinha um dos braços contra o rosto, cobrindo os seus olhos, demonstrando indiferença, como se não passasse mesmo de uma profissional. Mas sua boceta, como se tivesse vontade própria, tragava em contrações o meu pau e não pude deixar de pensar em vocês, meus queridos companheiros, conversando com extremo mau gosto sobre o que chamam de xoxota sugadora. E não demorei a gozar, gozei muito, como se tivesse me guardado muito tempo para Alessandra. Ela nem se importou de fingir explicitamente, arfando exageradamente até que soltou um suspiro final, claramente fingido. E imediatamente depois ela deu um jeito de libertar-se de mim e disse:

"Agora me deixe sozinha."

Tudo terminara tão rapidamente que, naquele momento e depois, tive certeza de que se tratara mesmo de uma representação. No entanto, não fiquei nem um pouco magoado, pelo contrário. Enquanto me vestia depressa, olhei novamente para o quadro *O bordel*, para Alessandra de olhos fechados, nua na cama, e tive certeza de que toda aquela representação fora um lance maior de uma artista, pouco importava que fizesse parte da sua vida real. Saí logo para a rua e fiquei pensando no tanto que a vida de minha cunhada fora eivada de representações, até mesmo quando ela era uma pré-adolescente partilhando a cama com Simone e comigo e representar fizera parte de sua natureza, sem que ela analisasse os seus atos, apenas os vivesse. E de novo em meu quarto tive de gozar outra vez, então comigo mesmo, pensando em três Alessandras: a adolescente; a adulta que se tornava minha amante; e aquela puta com uma obra em seu quarto, de uma arte degenerada que me parecia genial, e ela me honrara com o privilégio de partilhá-la comigo. E pensei se Alessandra não teria uma vocação para puta e a punha em prática, até meio inconscientemente, mas com extremo prazer e por amadorismo, afinal seu marido era muito rico.

Quando quis ver o quadro outra vez, esperando também, evidentemente, que nos inspirássemos nele para repetir a nossa deliciosa encenação, Alessandra foi até meio seca ao informar, pelo telefone, que o quadro já fora devolvido à sua verdadeira dona. E que, numa segunda observação, talvez eu o achasse fruto de um figurativismo obsoleto, embora ela considerasse que o mau gosto também tinha o seu lugar na história da arte.

E continuamos transando nas várias posições possíveis, mas não vou narrar detalhadamente as nossas fodas para não me tornar enfadonho e repetitivo. E também conversávamos, claro, sempre bebendo uísque e fumando. Eu me considerava um privilegiado em ter como interlocutora uma jovem mulher inteligente, bela e culta, meio exibicionista, mas sempre surpreendente, como Alessandra. Posso dizer que o erotismo entre nós vinha também disso.

Certa noite, Alessandra se mostrava particularmente distante, sentada só de calcinha sobre o sofá, lendo um livro de Anaïs Nin — e eu adorava observá-la assim, simplesmente lendo — enquanto eu apenas bebia, vestido displicentemente e descalço, esperando o que desse e viesse, talvez sairmos para jantar, quando, de repente, ela fechou o volume, pensativa, e me disse, com uma voz aliciadora, como se acabasse de tirar uma ideia do próprio livro:

"Meu bem, posso te propor uma coisa?"

"Claro, querida, o que você quiser."

"Vá até a cama e deite-se de bruços, nu, e feche os olhos."

Fiz o que ela ordenou, satisfeito, cheio de expectativas.

Foi quando, de repente, Alessandra mudou de tom para uma voz autoritária, quase agressiva:

"Você gostou de me comer igual a uma puta, não? Agora vou lhe mostrar quem é o verdadeiro puto."

Dito isso, Alessandra deitou-se sobre mim, já sem calcinha, e começou a roçar sua boceta em minha bunda, em movimentos ritmados que foram aumentando de intensidade, enquanto ela gemia, arfante, sem nenhum fingimento, uma coisa que eu aprendera a identificar desde minhas trepadas com Simone. Eu estava gostando muito de agir como um puto e gozamos os dois juntos, eu me esfregando contra a cama, mas totalmente tomado pela boceta de Alessandra, que eu sentia com uma espécie de tato inusitado. Depois tivemos os dois, deitados de costas, a sabedoria de não comentar nada sobre o que acabara de acontecer.

Foi aí que levei um verdadeiro tapa de Alessandra, quando ela me disse, apesar de tudo o que vínhamos vivendo, de todas as variações que já havíamos vivido:

"Assim corremos o risco de nos entediar."

"Mas como assim?", falei, surpreso. "Não acredito."

"Isso mesmo que você ouviu."

"Mas eu não me entedio com você."

O silêncio de Alessandra foi dos mais significativos e ela, depois de ficar um tempo pensativa, me comunicou:

"E se experimentássemos algo novo?"

"Como assim?"

"Alguma pessoa nova, pode ser. Você não há de pensar que eu só tenho você e meu marido."

"Olha, meu amor, para mim está bom assim. E prefiro não pensar que não sou suficiente."

Alessandra se animou subitamente:

"Mas quem sabe convidamos alguém mais?"

Foi minha vez de ficar em silêncio. Foi quando caiu a ficha para mim. Até que abri o jogo e disse, também sondando:

"Você me basta, Alessandra. Mas se achar que uma outra mulher pode enriquecer nossa relação, pode ser uma boa ideia, por que não?"

Conhecia Alessandra o suficiente para não me espantar com o sumiço dela, logo após a nossa trepada não ortodoxa, tão significativa para mim, com as roçadas em minha bunda. Tanto é que não conseguia tirar tal trepada da minha cabeça. No entanto, resistia à tentação de ligar para ela, pois uma outra coisa que eu aprendera é que não devia ser excessivo. Mas nos víamos em minha casa, quando Alessandra ia visitar Simone. Ela se mostrava gentil comigo, chegava a passar a mão na minha cabeça, além dos beijinhos de praxe no rosto. Mas a maior parte do tempo se fechava no quarto com Simone. De todo modo, dava para eu perceber que ela estava jovial, alegre, feliz mesmo. Diplomaticamente, sondei Simone sobre o que estaria acontecendo com a irmã. "São coisas boas na vida dela. Mas o fato é que ela gosta mesmo de viver", Simone disse, meio enigmática.

Confesso que essas tais *coisas boas* me deixaram enciumado, pois estavam acontecendo sem mim. Além do mais, coincidiu com um tempo em que eu fazia exames de saúde, que constataram que eu estava com problemas mais ou menos sérios no coração e nos pulmões. O médico foi claro o bastante para me advertir que se eu não mudasse de vida não duraria muito tempo. Foi pior, porque fiquei muito ansioso e fumei e bebi ainda mais. Os colegas devem se lembrar desse tempo em que me mostrei excessivamente nervoso, o que não me impediu de iniciar um mestrado em Direito e frequentar o escritório, onde fazia tediosos trabalhos de rotina. O bálsamo e a esperança vieram com um telefonema de Alessandra, quando eu menos esperava.

"*Qué tal?*", ela falou e, mais uma vez, eu podia perceber sua inteligência maliciosa, pois, entre outras coisas, ela tanto podia estar me perguntando, em alguma língua latina, se estava tudo bem comigo, como propondo que nos encontrássemos, ou ainda, muito sutilmente, me interrogando sobre o nosso último encontro.

"Ah, tudo bem, querida, *que tal* se nos encontrássemos?"

Alessandra era gentil e diplomática, fazendo com que eu é que me sentisse requisitado:

"Era justamente o que eu estava pensando. Depois de amanhã, sexta, às seis horas, está bom para você?"

"Sim, está ótimo."

Mas foi aí que se deu a grande surpresa:

"Posso levar um amigo?", ela disse. "Gostaria de apresentá-lo a você."

Eu esperava tudo menos isso, mas não tive como me furtar:

"Po...de", gaguejei. "Se isso... te agrada."

As pessoas a quem vamos ser apresentados nunca são como esperamos. Mas, dessa vez, foi mais do que o habitual. O homem de seus vinte e oito, trinta anos — uns dez a menos do que eu — que encontrei à minha porta foi mais diferente do que eu supunha. Era negro, longilíneo e de uma beleza que não me agredia. Com uma simpatia cativante. Seu nome era Nicholas. Incomodou-me que ele fosse muito mais bonito do que eu.

Sentamo-nos no sofá e, enquanto eu e Alessandra nos servíamos de uma garrafa de uísque que ela deixara em cima da mesa, junto com um balde e pratos com salgadinhos (Nicholas não bebia), engrenamos um papo.

"Nicholas é bailarino e coreógrafo", Alessandra falou.

Ele não tinha nenhum porte ou voz afeminado.

"Que bacana", eu disse.

"Alessandra fala muito de você", ele disse.

"Espero que bem", eu falei, sentindo-me um idiota.

"Claro", ele disse. "Contou-me que vocês se relacionam desde que ela era pouco mais que uma criança. Seu primeiro amor. Acho bonito isso, essas relações que duram toda uma vida."

Isso despertou em mim o quanto eu estava apegado a Alessandra.

"Acho que vamos morrer juntos", ela falou. Mas seu tom era meio sarcástico.

"Posso apostar que sim", Nicholas disse, e seu tom me pareceu um pouco cético, mas nem um pouco agressivo, até gentil.

"Nicholas trouxe um vídeo para a gente ver."

"Se não incomodar", ele disse.

"Estou louca para ver", Alessandra disse.

"Eu também gostaria muito", falei, educadamente.

Quando Alessandra curvou-se para colocar o vídeo, suas pernas ficaram à mostra e ela usava uma liga negra sobre uma meia de náilon. Isso fez o meu desejo dar um salto. Sem demonstrar ser afetado por isso, Nicholas falou:

"A música é uma partitura inédita encontrada entre os papéis de Quincy Jones, por sua última mulher. Algo absolutamente fantástico, que vai naturalmente do jazz à bossa nova e ao rap."

Quando ela retornou ao sofá, nos sentamos da maneira que eu julgava mais adequada. Alessandra entre nós dois. Mas o sofá não era longo, de modo que Alessandra encostou suas pernas em mim, o que atiçou ainda mais o meu desejo. Provavelmente se encostava também em Nicholas, mas procurei não pensar nisso. Eu estava com muitas saudades dela. E quando ela acionou o start, segurou a minha mão sobre o seu colo, o que me deixou não só ligado, mas também muito feliz.

A música, fundindo gêneros, como dissera Nicholas, era maravilhosa e a dança também. Nicholas era uma figura ao mesmo tempo máscula e delicada e dançava com uma parceira linda, muito morena, com jeito de caribenha. Eu podia apostar que era cubana. Não davam saltos ou piruetas, mas eram de uma agilidade impressionante. Moviam-se pelo palco sozinhos, mas passavam a impressão de que estavam num cabaré. A iluminação batia em cheio neles dois, deixando o resto no escuro, como se eles flutuassem no espaço.

Depois o vídeo acabou, Alessandra e Nicholas aplaudiram e eu terminei por imitá-los. Alessandra disse que fora uma das melhores danças que vira em sua vida, e quem lhe dera poder dançar assim. Nicholas sabia ser gentil e retrucou. "Você vive, querida, e a maneira como você vive é uma arte. Para os sábios, essa é que é a grande arte."

Mas a música emendara em outra, com outra bailarina, e era uma dança de salão, um bolero bastante estilizado. Nicholas levantou-se, puxou Alessandra pela mão e eles se puseram a dançar de uma forma muito graciosa. Eu continuava bebendo e apreciando o espetáculo de beleza que era assistir aos dois dançando, mas não estava preparado para o fato de eles passarem junto de mim e Alessandra puxar-me pela mão. Ainda mais sendo eu uma pessoa desajeitada como sou. Só deu tempo de apagar o cigarro e depositar meu copo sobre a mesa.

"Não faça nada, deixe-se levar", Nicholas disse. E, de fato, apesar de toda a minha falta de jeito, senti-me não como um dançarino, mas como uma pessoa leve, fraca, que era levada de um lado para o outro, ao som do bolero. E achei normal ser conduzido até a cama larga, de tantas delícias, onde Alessandra e Nicholas se jogaram.

Depois começaram a se despir, com naturalidade, e a se acariciar. E enquanto tiravam a roupa, com delicadeza, Alessandra olhou para mim e disse-me: "Lembra-se?".

Eu só pude sorrir com ela, pois o que Alessandra representava era aquele tempo em que vivíamos aquela nossa trinca na cama de Simone. E o mais louco é que, enquanto era abraçada por Nicholas, olhou para mim e com um sorriso e os olhos brilhando ela disse, comovida: "Eu te amo, Júlio, amo desde sempre". "Eu também", falei, mas não estava preparado para ser puxado por eles dois, que começaram a tirar com mãos muito hábeis as minhas roupas. E vi à minha frente um homem nu que me acariciava. Todos os meus anos de formação, do meu passado e até antes de nascer, se fizeram valer, pois acredito que as pessoas, sexualmente, já nascem prontas.

Levantei-me de um salto e disse: "Quem vocês pensam que eu sou?". E me vesti rápido e esgueirei-me para fora do apartamento.

Fiz ainda uma outra tentativa de encontrar-me com Alessandra e ela concordou, séria, desde que fosse na rua. Sentamo-nos num bar e, depois de alguns preâmbulos, ela disse, friamente, que o nosso caso já dera o que tinha que dar. "E não adianta insistir", falou. E ainda me acusou de homofobia. Foi aí, companheiros, que mergulhei ainda mais profundamente, se isso era possível, no álcool, depois do trabalho, e na nicotina. No emprego eu era obviamente omisso e não pretendo aborrecer os amigos com minúcias processuais. Mas merece menção o meu último caso. Tentando esquecer Alessandra, continuei a trabalhar durante o dia. Durante as noites, como vocês bem sabem, encontrava-me com vocês. Minha saúde começou a deteriorar-se definitivamente. Cirrose, enfisema e problemas coronarianos. Fora terríveis depressões.

Foi então que certos acontecimentos revolucionaram para sempre a minha vida.

Eu ia ao escritório apenas de tarde. Como não confiavam em mim, apenas fingiam que me davam trabalho, me passando processos tanto civis quanto criminais para ler. E eu, por minha vez, também só fingia que os lia, mas aquelas palavras não faziam sentido para mim, como, aliás, nem a própria sociedade. Eu me tornara um verdadeiro homem à margem de tudo e de todos. Cheguei a acalentar a ideia de suicídio, mas fui salvo não apenas pela convivência com vocês, meus amigos do AA, como também porque a perspectiva de passar para a eternidade, o nada, se por um lado era muito atraente, livrando-me de todos os sofrimentos, por outro lado, enquanto eu ainda estava vivo, não importava que como um rebotalho social, vivia intensamente as memórias dos grandes amores da minha vida. Na verdade era um só amor, embora partilhado com duas mulheres. Eu repetia e repetia, como se tivesse uma tela cinematográfica em meu interior, aqueles momentos grandiosos em que estivera deitado na cama com Simone e Alessandra, não o sexo completo, mas a iminência dele. Eu me considerava um privilegiado, pois vivera momentos de absoluta felicidade. Aqueles momentos em suspenso, que depois foram se refletir nas minhas fodas incendiárias com a Alessandra adulta. E bastavam essas memórias para justificar minha vida.

Por outro lado, sem nenhuma certeza disso, eu acalentava aquela ideia do eterno retorno nietzschiano, que coincidia com as teorias astronômicas da explosão primeira do grande átomo de uma enorme densidade que foi se expandindo até formar o imenso universo, para depois contrair-se até voltar ao átomo primeiro, quando tudo se repetiria, tanto em Nietzsche como no universo físico, e voltaria eu a passar de novo por aquelas experiências, e eu gostava de estar ali, vivo, com a ajuda do álcool, obviamente, antecipando a repetição daqueles acontecimentos. E pensava, também, sonhadoramente, como agora transmito a vocês, companheiros, que tinha quase certeza de que já passara por tudo aquilo em vidas anteriores, e o real motivo de eu ter me aproximado de Simone fora a minha amada Alessandra. E não sei se era bem por isso, mas às vezes, misteriosamente, sem que houvesse intenção de minha parte, sentia uma possibilidade de Deus existir dentro de mim e que eu devia cumprir seus desígnios. E quem sabe, meus amigos, isso também não encherá de alegria os seus corações?

E passou-se uma outra experiência das mais significativas, um desfecho, uma chave de ouro para minha vida amorosa — pois não vejo como o sexo não possa assim ser considerado. Continuava a trabalhar no escritório, evidentemente só porque meu pai era o sócio majoritário. O doutor Armando me isolou numa sala e só me passava os serviços mais prosaicos, como redigitar petições e defesas com erros de português, pois o meu domínio da língua ainda resistia, assim como minha capacidade de articular-me, como vocês podem ver por este próprio relatório.

Mas o acaso contribuiu sobremaneira para que esse último episódio pudesse acontecer. A seção penal de nosso escritório defendia, por sua própria natureza, os clientes mais ricos, inclusive atropeladores (homicídios culposos) e assassinos em legítima defesa de "sua honra". Estávamos com um desses últimos casos, em que um empresário assassinara a esposa. Quem iria representar o acusado seria naturalmente o doutor Armando ou meu pai. Mas meu pai já estava no início da doença que acabou por levá-lo. O doutor Armando andava ocupado com uma questão de direito comercial que envolvia mais de trezentos milhões de reais e, já com uma idade um pouco avançada, precisava de um assistente com toda a agilidade mental para discutir cifras astronômicas, por isso contava com a colaboração de um jovem advogado muito promissor que se unira a nós.

Restava então eu. Como era um caso que ganháramos em primeira instância, a segunda instância já era considerada no papo. Vou narrar brevemente esse caso, sem a pompa da linguagem jurídica, para não aborrecer os colegas.

Nosso cliente era um milionário viúvo, de cinquenta e cinco anos, que se casara com uma bela mulher de vinte, Catarina. Não se pode dizer que ela casou por interesse, pois fez questão de continuar com o seu trabalho de vitrinista, do qual tirava grande prazer, segundo as amigas que testemunharam no julgamento a seu favor. Mas o marido, Eduardo, um homem viajado e poliglota, a interessou desde o primeiro encontro numa festa, quando ela o achou cativante, para o que contribuía sua experiência de vida. E passaram uma lua de mel maravilhosa em países exóticos da Ásia. Viver com Eduardo era uma aventura para Catarina. Quanto ao futuro, ela simplesmente não pensava nisso.

Mas chegou aquele momento em que os noivos tiveram de cair na real. Eduardo tinha de voltar aos seus negócios, e Catarina se entediaria se não voltasse a trabalhar. Jovem saudável como era, não sentia culpa de transar, esporadicamente, com amigos e ex-namorados. Achava isso até saudável para o seu casamento, o que de fato era, conforme disseram suas confidentes.

Eduardo, por sua vez, era inteligente e maduro o suficiente para não tentar aprisionar a mulher dentro de casa. E até gostava de ouvi-la falar sobre as vitrines que adornava com o capricho de uma artista plástica. Eduardo gostava de arte e admirava a mulher, inclusive por sua autonomia financeira e profissional, que deixava claro que ela não se casara com ele por dinheiro.

Quanto aos amigos com quem transava, ela não via motivos para confessar isso ao marido, pois não tinha sentimentos de culpa nem vontade de feri-lo. E chegava a convidar os amigos para saírem com eles e até para irem à sua casa. Dançava com eles, os beijava quando chegavam e saíam, um pouco mais próximo dos lábios do que Eduardo gostaria. Mas ele segurava o ciúme, pois não queria estragar seu casamento.

Foi quando Catarina conheceu um bailarino, após assistir a um espetáculo dele. Gostou tanto que fez questão de ir cumprimentá-lo nos bastidores. Eduardo viu a esposa como que desfalecer nos braços do dançarino e teve um mau pressentimento. Conforme declarou no Tribunal, sentiu uma desconfiança à primeira vista, mas conteve-se e tentou pensar que aquilo seria um arroubo passageiro, que fingiria não ver, pois mais importante que tudo era não perder Catarina.

Só que ele foi percebendo que a mulher passava cada vez mais tempo fora de casa e também chegava com mais frequência tarde da noite. Até que um dia, não aguentando mais, Eduardo resolveu interpelá-la e ela achou que era uma boa oportunidade de pôr a coisa em pratos limpos, pois estava a fim de se separar. E foi franca com ele. “Olha, querido, estou gostando de outra pessoa.”

Foi um choque forte demais para Eduardo, que começou a chorar e depois implorou à mulher que não o deixasse, pois estava disposto a aceitar tudo. Entendia que ela era uma mulher muito mais jovem e tinha necessidade de ter relacionamentos com pessoas também mais jovens, sair para dançar, divertir-se, enfim. E que ele estava disposto a esperar que essa fase passasse, pois aceitaria dividi-la, desde que ela não o abandonasse.

Mas Catarina feriu-o fundamente quando falou que, como

mulher, não conseguia mais manter relações com um homem que não amava. Ele engoliu sua dor e aceitava que dormissem em quartos separados, apenas pedia que ela o deixasse vê-la, às vezes, trocando de roupa, mas que não fosse embora, sua alegria de velho era tê-la em casa. Catarina disse a ele que aceitava, enquanto pensava no que fazer.

Tudo isso foi argumento da defesa de Eduardo, que foi bem--sucedida, pois ele foi absolvido pelos jurados, por unanimidade, que aceitaram todas essas atenuantes. Mas o que os levou mesmo a absolvê-lo foi o fato que realmente fez Eduardo perder a cabeça.

Seus negócios o levavam a viajar, e foi justamente numa ida dele a Buenos Aires que se deu o desenlace. Era para ele voltar só no dia seguinte, mas ficar fora do país o deprimia e teve saudade de sua casa e de sua mulher. E, financeiramente, para ele não havia problema em fretar um jatinho. Disse em seu testemunho que a aproximação das luzes do Rio o emocionou e que trazia consigo um colar de brilhantes.

O que Eduardo não podia esperar é que, dando a liberdade que dava a Catarina, ela fosse fazer com ele o que fez. Ao subir as escadas, viu a porta do seu quarto aberta. Viu a luz acesa e, ao entrar no quarto, se deparou com a cena que o chocou profundamente. Na cama de casal que até algum tempo antes dividia com a mulher, Catarina dormia, de lado, e enlaçando-a pelas costas um jovem negro. Ali havia amor, sem a menor dúvida.

Os seres humanos são contraditórios em seus sentimentos. Ao mesmo tempo que Eduardo se sentia profundamente ferido, havia um outro lado seu — de um homem vasto, ou mesmo um artista, que ele poderia ter se tornado — que achou bonita e singela aquela cena e, por mais louco que pudesse parecer, sentiu-se parte dela. Ficou por longo tempo contemplando tal cena, como se fosse um pecado desmanchá-la. Mas alguma força em seu olhar, ou algum barulho que fez, deve ter despertado o jovem negro, que abriu os olhos e fixou-o. Mas não deu um pulo da cama, como se poderia esperar de um homem comum. Ao contrário, ergueu-se calmamente, sentou-se na cama, cobriu Catarina carinhosamente com um lençol, levantou-se e veio cumprimentar Eduardo com a mão estendida. "Muito prazer, Nicholas" — resolvi só revelar seu nome aqui, companheiros, para melhor entretê-los com uma surpresa. Eduardo estava tão perplexo que cumprimentou-o de volta e não pôde deixar de reconhecer, como no teatro, que o rival era um jovem esguio e bonito. Só depois saiu do quarto e foi sentar-se numa poltrona em seu escritório.

Ali, Eduardo pôs-se a meditar, sua mente vagando por muitas trilhas e bifurcações possíveis. Na cena que acabara de ver havia amor, sem dúvida. E um lado seu ansiava — e em parte conseguia — ser uma terceira figura naquele ato e conceder liberdade completa à esposa, e viver dignamente uma solidão, preenchida com uma nobreza afetiva que era amar de verdade sua esposa e deixá-la viver uma felicidade que seria também sua.

Já outro lado seu, que às vezes prevalecia, sentia um ódio profundo contra aquele amor clandestino da mulher e — pensamento que não queria assumir — ainda mais por um negro. Tinha um revólver guardado num cofre e pensou se não era o caso de pegá-lo, ir até o quarto e matar os dois.

Sua reflexão levou tempo suficiente para que Nicholas fosse embora, como foi informado por Catarina, que veio até o escritório e, sem dizer uma só palavra, sentou-se em seu colo, enlaçou-o pelo pescoço e disse primeiramente "obrigada", ao que ele não respondeu. E depois: "Tenho uma coisa para lhe contar".

"Já sei", ele disse: "Está apaixonada pelo rapaz e quer ir embora."

"Não é apenas isso, querido. É que estou grávida dele."

A princípio, Eduardo ficou mudo. Mas agora a mágoa tomava inteiramente conta dele. Algumas vezes propusera a Catarina terem um filho. Não apenas porque desejava um herdeiro, mas também porque seria uma forma de ter Catarina para sempre, mesmo que ela o abandonasse. Se fosse uma menina, então... Sentiu-se verdadeiramente magoado e cruelmente traído. Disse à esposa: "Meus parabéns", com uma ironia que era puro e cruel ressentimento.

Eduardo deu um beijo frio na face da mulher e disse, tentando aparentar a maior calma possível: "Você pode ir dormir, querida. Confesso que estou perplexo e preciso refletir sozinho".

Mas no fundo já tinha uma decisão tomada. Dessa vez ela fora longe demais, como se ele fosse um nada. Ficou assim por mais ou menos uma hora, com pensamentos enlouquecidos na cabeça. Depois levantou-se, foi até o cofre, abriu-o, pegou o revólver e nem verificou se estava carregado.

Quando foi até o seu quarto, no qual surpreendera Catarina com o amante, não sabia ainda se ia matar a mulher e nem mesmo se ela continuava deitada ali. Por sua cabeça também passava uma ideia, ainda obscura, de suicidar-se naquela cama em que passara momentos tão felizes. Mas Catarina estava deitada lá, agora completamente nua e profundamente adormecida. Ele pensou que talvez ela até estivesse esperando para transar com ele, para que ele a perdoasse por tê-lo envergonhado tanto. E se viu mesmo excitado com a mulher linda e nua na cama. Chegou, como declarou, a tirar sua própria roupa para ter relações com ela. Para poder despir-se, tivera de deixar o revólver sobre a cama. Isso voltou a dar-lhe a ideia de matá-la ou suicidar-se, ou ambos. Então pegou a arma, olhou-a, sem nem saber se estava carregada e, ao apontá-la para a mulher, passou por sua cabeça o sentimento de que aquilo era um pênis ereto, como o seu estava de fato. E, num gesto que declarou ser irracional, puxou o gatilho, como numa roleta-russa. Pois, caso a arma estivesse descarregada, tudo não passaria de um gesto simbólico que o aliviaria da dor em sua alma. E o estrondo do tiro que ouviu o assustou, ainda mais quando viu a mancha vermelha espraiar-se nas costas de Catarina, na altura do coração.

Eduardo chegou até Catarina, sentou-se na cama e virou a mulher, para auscultar seu coração. Mas este não mais batia e também os olhos de Catarina estavam meio abertos e esgazeados, mortos. Então Eduardo não teve dúvidas: apontou a arma para a própria cabeça e atirou. Só que, dessa vez, não havia bala na agulha. Considerou, então, que o seu destino não era morrer. Em mais um gesto tresloucado, deitou-se nu, na cama, ao lado da mulher e, com o amor dos loucos, colocou o colar de diamantes no pescoço da defunta. E, depois, finalmente, disparou outra vez o revólver, que dessa vez estava carregado.

A bala penetrou na face lateral de seu crânio mas não chegou a matá-lo, e ele caiu sobre a cama, desfalecido. E foi assim, com ambos os corpos inertes e nus, abraçados, o que fez a delícia dos sádicos das páginas policiais dos jornais e dos blogs e sites da internet, que a polícia, chamada por uma das empregadas da casa, que ouvira os disparos, os encontrou.

Agonizante, Eduardo foi levado ao hospital, onde ficou em coma por uns dez dias. Ao acordar, só se lembrava vagamente do que acontecera e foi preciso que o seu psiquiatra fosse lhe contando aos poucos o que ele fizera.

Eduardo ficou desesperado e não se conformava em estar vivo. Seu psiquiatra internou-o numa clínica, onde o sedava a maior parte do tempo para, nos intervalos, cada vez maiores, tratá-lo com psicoterapia. Foi um trabalho insano para que o médico lhe devolvesse, se não o gosto, pelo menos o direito à vida. E, sempre aos poucos, o fez entender que Catarina fora também responsável por sua morte ao provocá-lo, de uma forma que ninguém, nem homem nem mulher, aguentaria. Ainda assim, aquela morte foi uma espécie de acidente, pois Eduardo, como já disse, nem sabia que a arma estava carregada. Mesmo assim, não seria nem para ele estar aqui no mundo, já que tentara acompanhar a mulher na morte, o que foi, podem acreditar, um ato de amor. E só uma circunstância fortuita fez ele não morrer de fato, já que suas mãos tremiam.

A peça de defesa do jovem advogado, que coincidia em muitos pontos com a peça de acusação, era uma obra de arte, sem dúvida. A defesa do meu colega fora brilhante porque factual, objetiva, sem o blá-blá-blá tão comum ao jargão bacharelesco, e nosso cliente foi absolvido. Assisti ao julgamento na primeira instância do Tribunal do Júri e posso revelar que Eduardo, o réu, chorava copiosamente e houve até duas mulheres, entre os jurados, que enxugaram suas lágrimas com lencinhos.

Eduardo foi absolvido, mas a promotoria recorreu e foi marcado um novo julgamento. Quando o meu colega, Afonso, foi auxiliar o doutor Armando na causa comercial que envolvia milhões, fui chamado para substituí-lo, com a recomendação de que me limitasse a repetir a peça de defesa de meu colega. Também eu, apesar da natural emulação com o jovem doutor Afonso, tive de reconhecer que fora uma bela peça de retórica. Parecia até o fragmento de uma boa e objetiva ficção, que eu tinha ali diante de mim, impressa. O que restava então para eu fazer? Só mesmo repetir diante do júri aquela defesa, que a absolvição de Eduardo estaria garantida. Para isso nosso escritório fora regiamente pago e bastava continuar cumprindo a ética própria da advocacia. E ler de novo aquela peça de defesa.

Mas não. Tendo nas mãos o retrato de Catarina nua, que fora distribuído para o novo corpo de jurados, entregue e bela na morte como fora em vida, não pude deixar de pensar em Alessandra, ainda mais porque Nicholas, por quem eu sempre sentira certa admiração e atração, fora pivô do crime. Não pude até deixar de pensar no sexo feminino como um todo. E o que saiu espontaneamente de minha boca, sem que eu nem precisasse refletir, foi uma peça que ficaria muito melhor na boca do promotor, que fizera sua acusação sem nenhum brilho ou convicção. Eu podia até pensar que ele fora pago e instruído por Eduardo e sua família.

Eu falei, então, brevemente, que toda aquela peça de defesa não passava de uma retórica que ficaria melhor num romance. E que devíamos fazer justiça, sim, à morta e a todas as mulheres, sempre oprimidas pelos homens. E que uma moça como Catarina (e secretamente eu pensava em Alessandra) era uma amostra da generosidade que as mulheres podiam oferecer aos homens e mesmo a outras mulheres, e que o amor que elas sentiam era inseparável de sua liberdade, como aliás todo amor verdadeiro.

E o fato de Catarina ter sido surpreendida nua na cama do acusado, abraçada por seu amado Nicholas, era a amostra de certa inocência, pureza, da vítima, e que não havia nada de mais em seu ato. Ela fora acometida de um desejo repentino que abrangia também Eduardo, e não quis ofendê-lo com o seu ato de amor a Nicholas, pois achava que o marido estava viajando. Pode-se dizer que o amor e o desejo são algo difuso, que abrange todo o espectro humano. E quando Catarina permaneceu nua e sozinha na cama do acusado, era uma amostra de que o incluía também em seu afeto, de que era capaz de amá-lo mesmo depois que estavam separados e de que vivia ela um grande caso de amor.

Por circunstâncias da vida, este que vos fala conhece Nicholas, um artista, coreógrafo e dançarino, de uma beleza negra capaz de seduzir mulheres e homens. E não devemos esquecer que ela estava grávida dele, e podemos imaginar que tipo de ser nasceria, uma moça destinada a seguir a mãe, um ser gerado do encontro deles.

E eu disse que os senhores jurados não podiam esquecer que aquela não fora apenas a morte de um ser, mas de dois, já que Catarina estava grávida de uma menina, e que essa menina já nasceria num ambiente de liberdade e amor absolutos. E o criminoso, e não podemos chamá-lo de outro modo, já estava a par da gravidez de sua ex-mulher, pois ele mesmo confessou que isso o ferira ainda mais, porque sempre desejara ter um filho com Catarina. E agora vinha ela com essa gravidez, de um negro — não conseguiu esconder o seu racismo —, e isso ele não pôde suportar. Alegou que o seu ato mortal fora fruto de forte comoção e de um estado alterado de consciência. Mas se levarmos isso em consideração, estaremos absolvendo todos os autores de feminicídios. Ao mesmo tempo, com sua declaração, ele mostrou claramente que sabia que estava matando não apenas um, mas dois seres humanos. E, se os senhores jurados o absolvessem, estariam absolvendo todos os crimes nefandos contra as mulheres que acontecem diariamente neste país.

Sei muito bem que o meu papel, dentro de um direito cego, seria o de defender o acusado, como fez o meu colega, diga-se de passagem com muito brilho. Mas fui acometido, aqui mesmo dentro desta sala, quando ouvia o promotor tentar condenar Eduardo com uma argumentação medíocre — e eu diria que até sem convicção —, por uma espécie de iluminação que me fez ver que não podemos deixar impune esse crime, pois seria um retrocesso nas conquistas sociais e existenciais dos últimos tempos. É o que tenho a dizer.

Pelo burburinho na sala eu podia ver que minha pretensa defesa causara espanto. E os cochichos dos jurados já me davam um sinal de sua decisão, que seria de considerar Eduardo culpado.

* * *

Aquilo que, para uma moral de vida, seria considerado louvável, foi condenado pelos juristas e advogados, com sua moral de classe e sua ética muito particular, que havia muito tempo, secretamente, eu desprezava, pois considero a advocacia uma espécie de prostituição engravatada. Houve um murmúrio no recinto e dava para ver que as posições se dividiam, sendo que os familiares de Catarina vieram me cumprimentar efusivamente, embora a minha defesa fosse considerada por muitos como uma traição a meu constituinte. Eu mesmo me sentia culpado diante de meu colega, que funcionara admiravelmente na defesa de nosso cliente, e também pensava em meu pai hospitalizado em estado grave e no doutor Armando, cuja confiança eu traíra miseravelmente. Para não falar nos familiares de Eduardo.

No entanto, dois acontecimentos me levaram a sentir-me mais seguro e até gratificado. O primeiro deles foi uma surpresa que chegava a ser inacreditável. Antes que eu pudesse escapar dali para refletir em paz em algum bar do meu gosto, fui abordado por um funcionário do Tribunal, que me disse que a juíza sacramentara a condenação e rogava que eu fosse vê-la.

Não podia deixar de aceitar aquele convite e acompanhei o funcionário até a ampla sala da juíza, com seus móveis muito confortáveis.

A doutora me deu dois beijos no rosto, o que me deixou à vontade desde logo, ainda mais que ela trancou a porta. E fez com que eu me sentasse num sofá de couro muito macio e perguntou se eu tomaria um uísque com ela. Não hesitei em aceitar, porque estava gostando daquela mulher de seus quarenta e tantos anos, com seus óculos grossos e sua toga, e uma bebida era tudo o que eu precisava para relaxar, depois das emoções do julgamento. Sentei-me onde ela me indicou, ela mesmo me serviu de uísque com gelo, preparou uma dose para si e veio sentar-se ao meu lado, nossas pernas se encostando.

Desde que terminara a relação com Alessandra eu não tivera mais ninguém, e aquela proximidade com a doutora Matilde me excitou imediatamente. E o fato de ela ser uma juíza, representar autoridade, me levara a desejar comê-la, foder a autoridade. E alguma coisa nela, curiosamente, fizera-me lembrar da mãe de Simone e Alessandra, que sempre, secretamente, eu desejara comer, num tesão que abarcava a família inteira.

"Gostaria de cumprimentá-lo", ela disse, "por sua atuação no julgamento." E não pude deixar de notar que a doutora Matilde era uma dessas pessoas que tocam o interlocutor para falar com ele, ou pelo menos estava sendo assim comigo. Só que, além de tocar-me no corpo, ela encostava em meus joelhos.

"Foi espontâneo", eu disse, "aconteceu na hora. Eu não preparei nada. Quero lhe dizer que aquela postura de macho arrependido traído de Eduardo me irritou. E ainda lembrei de outra pessoa dos meus afetos e, de algum modo, pensei nela ao fazer minha defesa, quer dizer, acusação", eu ri.

A doutora Matilde deu uma sonora risada.

"Não precisa pedir desculpas, querido", e a doutora Matilde deixou sua mão cada vez mais próxima do meu pau, por cima da minha calça, como se fosse a festinha que se faz num amigo. "Na minha opinião, você é um daqueles poucos advogados capazes de trair as práticas judiciárias para se colocar ao lado da verdadeira justiça, ao lado das mulheres vítimas de assédio e feminicídio, cada vez em maior número neste país. Posso?"

Entendi que o seu pedido se ligava ao fato de ela ter desabotoado os botões da minha calça e segurado com toda a gentileza o meu pau. Eu estava encantado.

"Por favor, doutora."

"Mas antes de fazer uma outra coisa, devo explicar-lhe algo muito importante, está bem?"

"Claro."

"Não transo com homens, pois gosto das mulheres. Mas creio que até minha companheira entenderá o que vou fazer, embora eu nem pense em contar a ela. Não vou trepar com você, pois isso seria forçar o meu corpo. Mas posso chupar o seu pau, se você não se importar. É um modo de render-me à sua atuação tão sensível no julgamento e recompensá-lo por isso."

Ela já estava com o meu pau em sua boca e abrira apenas a blusa, como a mostrar-me que era uma mulher. E levantara a saia para masturbar-se. O fato de ela ser uma juíza sem dúvida aumentava o meu tesão, aumentava muito. Era como se eu me rebelasse contra todos aqueles anos exercendo a advocacia, contrariando os códigos. Era como se eu fodesse a própria justiça, tão hipócrita neste país. E eu mal podia grunhir:

"Você me mata, doutora Matilde."

"Sim, vou acabar com você", ela falou e riu, também grunhindo por causa da sua boca cheia. E foi desse modo que ainda disse: "Pode gozar na minha boca".

E foi o que não demorei a fazer, porque o meu tesão era forte demais. E quando o meu pau já amolecia, mas ainda em sua boca, o que era uma sensação deliciosa, ainda de poder, a doutora Matilde gozava com as mãos até chegar a um clímax tão intenso que teve de pegar uma almofada para abafar seus gritos.

Depois nos recompusemos rapidamente, pois a doutora Matilde ainda tinha obrigações a cumprir. Levou-me até a porta e, dessa vez, cumprimentou-me estendendo a mão, como se voltasse à solenidade do seu cargo. E disse:

"Não vamos nos explicar mais, certo? Nossos gestos já expressaram tudo."

"Certo", eu disse. "A senhora tem toda a razão."

* * *

Ao escritório eu só voltei usando minha própria chave, cedo pela manhã. Sabia que não tinha mais a menor condição de continuar trabalhando lá. Fui pegar na minha gaveta alguns papéis e escritos que me interessavam, inclusive este relatório aqui, pois sempre aproveitei o meu folgado expediente para escrevê-lo.

Achei natural que Alessandra me telefonasse. Tinha certeza de que ela se orgulharia de mim. Sabia que não dava mais para retomarmos a nossa relação, mas achava, e tenho certeza de que ela também achava, uma boa ideia que estreitássemos nossa amizade. Marcamos um encontro durante a tarde num bar muito acolhedor, e não me surpreendeu que ela viesse em companhia de Nicholas. Mas me surpreendeu que eles se comportassem como namorados apaixonados, de mãos dadas e trocando beijinhos. Também percebi que ela não estava fumando nem bebendo. Ao notar que eu observava a aliança em seu anular esquerdo, ela me disse, sorridente:

"Sim, nós nos casamos."

Dei-lhes os meus parabéns e disse, também sorrindo:

"Ambos fizeram uma boa escolha."

"E tem mais", ela falou: "Estou grávida, vai ser uma menina. Vai se chamar Manoela."

"Ora, vejam só", não consegui me conter. Ela voltou a falar e também Nicholas me dava a mão.

"Isso tornou ainda mais significativa a sua atuação no tribunal."

Alessandra sempre fora muito inteligente e tive certeza de que entendera que, quando acusei o assassino e defendi a vítima, pensava também nela.

"Sim, pensei também em você."

Olhei para Nicholas, receoso de que ele demonstrasse algum ciúme, mas não, pelo contrário. Por alguns segundos apertou mais a minha mão, e Alessandra arrematou:

"Nunca esquecerei de você, principalmente naqueles primeiros tempos."

"Eu também", eu disse. Estava muito feliz, e nós três, sem que precisássemos de palavras, sabíamos que não deveríamos prolongar nosso encontro. Aquele era um arremate perfeito para o nosso amor. E não queria estragar isso contando sobre minhas doenças e minha internação. Então disse apenas:

"Vocês podem ir quando quiserem. Vou ficar mais um pouco e faço questão de pagar a conta. Em homenagem a Manoela", e levantei um brinde, que eles retribuíram com seus copos de suco.

Olhei para eles se afastando e entrando num carro velhíssimo e cheio de poeira. Perfeito para Nicholas. Pedi mais um uísque e acionei o mecanismo que injetava morfina em meu corpo. A droga logo fez efeito e pensei: a vida também pode ser perfeita. Entre as coisas que me alegravam, ironicamente, estava o fato de saber que este depoimento só será lido por vocês quando eu não estiver mais aqui. Mas quem sabe não estarei embarcando numa nova aventura? Desencarnar me dava uma espécie de euforia e havia ainda a possibilidade de eu encarnar de novo. Mas também o nada absoluto me seduz. E não posso negar que a morfina ajudava.

Mas me filiei aqui aos AA para ter a companhia de meus pares e não liquidar antes do tempo a minha existência. E era fundamental para mim contar a minha trajetória, que entrego a vocês, meus pares, certo de que ela vos enriquecerá de algum modo. Escrevê-la é como viver duplamente e, se há alguns momentos mais difíceis, o principal é repetir aqui mesmo, nesta vida, o meu momento inicial de paixão por Alessandra, na companhia de Simone. Viver mais do que duplamente, se a teoria de

Nietzsche e dos astrônomos estiver correta. Mas, por via das dúvidas, garanto aqui mesmo essa duplicidade.

Para terminar, não posso conter o júbilo, do lugar em que me encontro — nem que sejam o túmulo e as minhas cinzas —, de saber que estas palavras terão a sua vida própria, pois os autorizo a mostrá-las onde quiserem, mesmo fora dos limites desta confraria. Isso é tudo.

ESTA OBRA FOI COMPOSTA EM ELECTRA PELO ESTÚDIO O.L.M./ FLAVIO PERALTA
E IMPRESSA EM OFSETE PELA GRÁFICA BARTIRA SOBRE PAPEL PÓLEN SOFT
DA SUZANO S.A. PARA A EDITORA SCHWARCZ EM AGOSTO DE 2021

A marca FSC® é a garantia de que a madeira utilizada na fabricação do papel deste livro provém de florestas que foram gerenciadas de maneira ambientalmente correta, socialmente justa e economicamente viável, além de outras fontes de origem controlada.